U0005333

The Adventures of Pinocchio

木偶奇遇記

卡洛·科洛迪⊙著

林久淵⊙譯

晨星出版

目次
CONTENTS

孩子心中的小英雄：皮諾丘 / 008

孩子心中的小英雄：皮諾丘

《木偶奇遇記》（英語:The Adventures of Pinocchio，意大利語:Le avventure di Pinocchio）出版於一八三三年，是世界上流傳最廣、影響最大的童話之一。一百多年來，已被譯成兩百多種文字，成為全世界兒童最愛閱讀的文學作品之一，曾拍成電影逾二十次。

《木偶奇遇記》的作者卡洛．科洛迪（1826-1890，Carlo Collodi）出生在義大利偶羅倫薩鄉下的一個廚師家庭，原名卡洛．羅倫西尼，科洛迪是筆名，也是他母親出生和長大的小鎮名字。

他在教會學校畢業後，本來可以當個牧師，但他發覺自己實在沒有當牧師的能力和興趣，便跑去當記者，獨立辦報紙和戲劇雜誌。他在各地寫稿，並於一八四八年創辦一份諷刺性雜誌《路燈》，次年被禁，十二年後復刊；另一本雜誌《小論戰》於一八五三年創刊，為

↑卡洛．科洛迪

↑充滿童趣的科洛迪小鎮

↑《木偶奇遇記》封面

↓ 1883年義大利文《木偶奇遇記》
　初版本

期則較長。

　　當時科洛迪也積極參加
義大利民族解放運動，並志
願參加了一八四八年的義大
利民族解放戰爭。後來他與
人一起出版諷刺雜誌，一生
中，曾寫過許多短篇小說、
隨筆、評論，然而最受歡迎
的還是他寫給孩子們看的童
話故事，那些童話題材除了
充滿想像力、人物生動外，
情節更是扣人心弦，讓人看
了會不時大哭大笑，因此獲
得不少讀者的喜愛，進而為
自己贏得了巨大的聲譽。

　　評論家甚至說《木偶奇
遇記》所擁有的讀者群及銷
售量，可媲美《可蘭經》及
《聖經》了。

　　說到《木偶奇遇記》
成功的由來，真是有點莫名
的趣味性，一八八○年的一
天，一位名叫「義大利」的

人寄了一部手稿給他在羅馬編「兒童雜誌」的朋友，手稿上並附註說「這個有點傻氣的題材」能用就用，請隨便處理，不料手稿在雜誌上初刊登竟意外大受歡迎。因此雜誌請作者趕緊續寫，一期接一期的連載完畢，科洛迪也因而擁有了生平第一群死忠的讀者。

↑卡洛‧科洛迪的漫畫

　　一八八三年菲利切‧帕吉還將此題材在佛羅倫斯出版單行本，改名《皮諾丘奇遇記》。而其實這位「義大利」就是卡洛‧科洛迪，這部手稿就是義大利有史以來最偉大的童話──《木偶奇遇記》。這部童話發表以來，多次被搬上舞臺和銀幕，皮諾丘因此成了家喻戶曉的人物，甚至形成了一股「皮諾丘」熱，科洛迪的作品從此深受各國兒童歡迎，也為未來的童話創作另闢一個新氣象，人們更尊稱他為「小木偶之父」。

　　再來說說皮諾丘大受歡迎的原因，因為孩童時期的孩子最像皮諾丘，也最懂皮諾丘，他們都有共通的毛病：任性、好奇，偶爾會撒謊。當小木偶每撒一次謊，鼻子就會變長，

◎插畫大師Enrico Mazzanti筆下的皮諾丘

↑ 皮諾丘和同學吵了一架,有人受傷了,照顧同學的他就要被警察伯伯逮捕了。

↑ 警察眼看根本追不上小木偶,放出一隻曾經贏得賽跑冠軍的獒犬去追拿逃犯。

↑ 載著皮諾丘的鴿子飛得好高好遠,皮諾丘忍不住好奇地往下看,卻嚇得快昏過去。

↑ 1883年義大利文《木偶奇遇記》初版本插畫。

這個情節不知道讓多少父母愛上了科洛迪，讓孩子在有趣的故事中了解到說謊是不行的，而皮諾丘長長鼻子的形象也因此深植在每個孩童心中。其實故事主角皮諾丘（Pinocchio）的名字是由兩個意大利文名詞pino（松樹）和occhio（眼睛）所組成的，這個組合字在義大利西部托斯卡納地區之佛羅倫斯方言中的意思為「松果」。

其他有趣的情節還有：身為木偶的皮諾丘碰到火，腳會被烤焦，掉進水裡他會浮起來，這都是木頭的特性，作者沒有忽視這些細節，所以這部童話讀起來很生動真實。之後皮諾丘還經歷了被木偶劇院老闆的囚禁、狐狸和貓的引誘以及到遊樂園歷險等一系列奇遇以後，最後救出了被大魚吞下的父親老木匠，並成了一個真正的男孩。

跟皮諾丘一樣大的孩子此時

◎**插畫大師Attilio Mussino筆下的皮諾丘**

↑街上人們看見一個木偶像阿拉伯賽馬一樣地瘋狂快跑，大家看得出神，不停地笑啊笑的。

↑卡洛‧科洛迪

正是懵懵懂懂的時候，天真可愛，但慢慢得也和皮諾丘一樣開始懂得付出和關懷了，終於成為一個有禮貌、肯學習，辛勤工作的好孩子。沒有孩子看完《木偶奇遇記》會不乖的，而這也正是《木偶奇遇記》會長達百年仍叫好叫座的原因。

為了紀念「小木偶之父」科洛迪，義大利特別設立科洛迪兒童文學獎。甚至在義大利佛羅倫斯西北皮斯托亞市附近的科洛迪鎮上，還給皮諾丘豎立了一個銅像，並刻了兩句話，表達了小讀者們對科洛迪的小心意：

獻給我們心中永遠的皮諾丘——
滿懷感謝之心的四歲到七歲的小讀者

1826年 十一月二十四日生，卡洛‧科洛迪（Carlo Collodi）原名卡洛‧羅倫西尼（Carlo Lorenzini），生長在義大利佛羅倫斯鄉下一個廚師家庭裡，科洛迪這個筆名取自他母親出生長大的一個鎮名。其父親是一名廚師，母親為教師，後來當了裁縫。

1848年 自願參加義大利民族解放戰爭，同年創辦了幽默性報紙《路燈》。科洛迪父親於同年過世。

1849年 報紙《路燈》被禁。

1853年 再次創辦另一報紙《小論戰》，不久也遭到政府查禁，為期時間1853~1855。

1855年 《男孩雜誌》在英國發行。

1856年 第一次使用筆名「卡洛‧科洛迪」。

1857年 出版生平第一本小說《佛羅倫斯的秘密》。

1858年 在出版社Milan工作約兩年時間。

1859年 加入諾瓦拉騎兵旅，再次參加爭取義大利統一、獨立的戰鬥。

1860年 報紙《路燈》復刊，科洛迪繼續撰寫新聞報導。期間他還當過戲劇審查員。

1867年 短暫出訪法國。

1875年 開始致力兒童文學創作，根據民間傳說改寫童話《仙女的故事》。

1876年 出版《小手杖》。

1878年	出版《小木片》、《小手杖遊義大利》、《小手杖地理》、《小手杖文法》。
1881年	受義大利《兒童報》邀請，科洛迪開始創作《木偶奇遇記》，並在該報分期發表。出版《木偶奇遇記》及《眼睛和鼻子》。
1883年	「木偶奇遇記」在《兒童報》連載完畢。由菲利切．帕吉在佛羅倫斯出版單行本，改名《皮諾丘奇遇記》。這部童話發表以來，已經譯成世界上兩百多種文字，多次改編拍成電影，深受全世界兒童的歡迎，也對後期的童話創作產生巨大的影響。
1886年	科洛迪母親過世。
1887年	出版《快樂的故事》。
1890年	科洛迪十月二十六日突然去世，當時他正在構思一部新的兒童小說。
1892年	在他去世以後出版了《愉快的符號》和《諷刺雜談》。英文版的《木偶奇遇記》也於倫敦發行。
1936年	未完成的意大利動畫片《The Adventures of Pinocchio》。
1940年	迪士尼的動畫電影《木偶奇遇記》。
1992年	拍成四十九分鐘的動畫片《Pinocchio》。
1996年	拍成電影《The Adventures of Pinocchio》。
2002年	拍成電影《Pinocchio》。

第一章

木匠櫻桃先生發現了會哭會笑的木頭

從前從前有……

「有位國王！」我的小讀者們脫口而出。

不，孩子們，你們錯了。從前有塊木頭。

那不是什麼昂貴的木頭，不過是塊柴，就像人們在冬天用來在屋裡生起爐火取暖的那種普通木頭。

我不知道事情是怎麼發生的，實際情況是這塊木頭有天出現在老木匠師傅安東尼的工作室，人稱他為櫻桃大師，因為他那又紅又亮的鼻子像顆熟透的櫻桃。

當他看見木頭時，整個人高興得摩拳擦掌，而且喃喃自語：「這塊木頭出現得正是時候，我要把它拿來做成小茶几的桌腳。」

說完不久，他便拿起那把銳利斧頭準備削去木頭的外皮，還有較粗的部分。但當他正要一斧劈下時，耳裡傳來微弱的聲音，哀求著：「下手輕一點喔。」於是，他的手就這麼停滯在半空中，動彈不得。你們可以想像老櫻桃師傅心裡是多麼驚訝！

他看了房裡四周，想要找出聲音到底從何而來，但卻一個人

影也沒有。他看看板凳下方，空蕩蕩地——沒有人啊。他又看看一向緊閉的櫥櫃——沒有人。他又檢查裝滿木片與木屑的籃子——沒有人。他甚至打開工作室大門往街頭望去，還是沒有人！這到底是怎麼回事？

「噢，我知道了，」他開始抓著假髮大笑起來，「那聲音顯然是我自己想像出來的！還是趕緊工作吧！」

他再次拿起斧頭，用力打著木頭。

「噢！好痛！」和剛剛一樣的聲音開始抱怨起來。

這回對櫻桃師傅來說可是晴天霹靂，他的雙眼嚇得凸了出來，嘴巴張得大大的，舌頭也垂到下巴，那模樣像極了吊死鬼。

他愣住了一會兒，好不容易回過神來，結結巴巴地說：「那個叫痛的聲音從哪兒來的？這裡沒有人，難不成是這塊木頭會像小孩一樣哭泣和喊疼？我才不信，這不過是塊可以用來生火的普通木頭，把它扔進火裡，還可以燉煮點美味的東西嚐嚐，但是，莫非有人躲在木頭裡？真要是有人藏在裡頭，我就要叫他好看。」

說完，他雙手拿起可憐的木頭，狠狠地往牆上摔打著。

然後他停頓下來，聽聽這回會不會出現喊疼的聲音。等了兩分鐘後，沒有一點聲音，過了五分鐘後，依然靜悄悄地，十分鐘後，還是沒有半點聲音。

「我知道了！」他又笑著拉拉假髮，「這個喊痛的聲音八成是出自我的幻想。還是繼續工作吧！」

因為這份恐懼仍然在他心裡揮之不去，只好試著唱歌來提振精神。

　　於是他就這麼邊唱邊哼著，一邊放下斧頭，一邊拿起鋸子鋸平那塊木頭。只不過當他來回鋸著木頭的時候，他聽見了小聲音開始咯咯地笑說：「快住手啊，你弄得我好癢！」

　　這時櫻桃師傅像是被閃電擊中一樣，整個人往後栽倒。當他再度睜開雙眼時，他發現自己坐在地上，容貌全走了樣，連向來通紅的鼻子也被嚇得發青。

木匠櫻桃先生發現了會哭會笑的木頭

第二章

老喬想要做個完美木偶

這時有人敲了敲門。

「進來吧！」木匠應門說道，但他實在沒有力氣站起來。進門的是個活力十足的老頭。他的名字叫做老喬，鄰近的孩子們存心作弄他，替他取了綽號名叫通心粉，因為他那頭黃色假髮看來的確像極了通心粉布丁。

老喬的脾氣很糟，誰要是叫他通心粉布丁，誰就得遭殃，若是讓他當場抓狂起來，任誰也擋不住。

「早啊，安東尼師傅。」老喬說道。「你一早在地上做什麼啊？」

「我在教螞蟻算術。」

「願你教書愉快。」老喬故意說道。

「什麼風把你吹來這裡啊？我的朋友。」

「是我的腳帶我來這兒的，安東尼師傅，老實說，我是來這兒請你幫忙的。」

「我就在這兒為你服務啊！」木匠邊說邊站起來。

「今天早上，我突然想到一個好主意。」

「說來聽聽。」

「我決定要做個很棒的木偶，一個可以跳舞、擊劍、翻

筋斗的完美木偶，我可以帶著這個木偶環遊世界，靠著表演賺得填飽肚子的銀兩和好酒，你覺得這個主意怎麼樣？」

「好主意，通心粉！」那個小聲音暗自喊道。

聽見通心粉這個字眼，老喬開始氣得滿臉通紅，對著木匠怒吼，「你為什麼要羞辱我？」

「誰羞辱你了？」

「你叫我通心粉啊！」

「不是我！」

「噢，難不成是我嗎？我說就是你！」

「不是我！」

「就是你！」

「不是！」

「是！」

他們越吵越厲害，最後動手打起架來，互抓著對方的假髮，又咬又抓。

打到最後，安東尼發現手上抓著老喬的黃色假髮，老喬這才發現嘴裡咬著木匠的灰色假髮。

「把我的假髮還來。」安東尼大叫。

「你也把我的還來，咱們扯平。」

兩個老人一手交還假髮，一手握手言和，發誓成為永遠的好朋友。

「那麼，老喬啊！你到底要我幫什麼忙？」木匠以平靜的口吻說道。

· 他們越吵越厲害，最後動手打起架來，
　互抓著對方的假髮，又咬又抓。

「我想要些木頭用來做木偶，可以嗎？」

安東尼師傅聽了高興地走向他的板凳，撿起那塊木頭，但當他把木頭交給朋友時，木頭卻強烈地發抖著，滑開了老安東尼的手，打中老喬的腳骨頭。

「噢！這就是你向來給禮物的方式嗎？安東尼！你快把我弄癱了！」

「我發誓，那絕對不是我弄的。」

「噢，那是我弄的囉？」

「全都得怪這個木頭。」

「我知道是這塊木頭砸中了我，但木頭是你丟的。」

「我沒有丟向你的腳！」

「騙子！」

「老喬，別激怒我，否則我就要叫你通心粉。」

「豬腦袋！」

「通心粉！」

「笨驢！」

「通心粉！」

「醜八怪！」

「通心粉！」

聽到第三次喊他通心粉，老喬氣得失去了理智，於是撲向木匠，雙方打得比第一回合還要來得激烈。

打完這場架後，安東尼發現鼻上多了兩道抓痕，他的對手則少了兩顆外套上的鈕釦，這場架不分勝負，他們再度握

手言和，發誓成為永遠的好朋友。

　　最後，老喬帶著那塊木頭，向安東尼道謝，一跛一跛的
走回家去。

木偶開始惡作劇

老喬的房間在地下室，光線從樓梯口前灑進，裡面擺設著簡單的家具：一把舊椅子，一張不太牢靠的床，還有一張破茶几。正對著門口的牆上有座火爐，火苗是畫上去的，上頭還畫著沸騰的水壺，蒸氣直往上竄，看來十分逼真。

一回到家，老喬馬上拿出工具，開始製作他的木偶。

「該幫他取什麼名字好呢？」他喃喃自語著。我想把它叫做「皮諾丘」，這個名字肯定能為他帶來好運。我曾經認識一個「皮諾丘」家族，爸爸名叫皮諾丘，媽媽名叫皮諾丘亞，孩子名叫皮諾丘……，他們過著很棒的生活。

為木偶取完名字後，他開始專心的工作起來，很快地便雕出木偶的頭髮、前額，接著是眼睛。

不久，老喬刻好了眼睛，奇異的事發生了，他注意到木偶的眼睛竟能轉動，然後直視著他。

老喬發現自己被這雙木偶的眼睛注視著，於是不太高興地說道：「討厭的木頭眼睛，為什麼直勾勾地看著我？」

不過，沒有人回答。

完成眼睛後，他開始雕起鼻子來。然而鼻子剛剛雕好，卻開始長了起來，長啊，長啊，才幾分鐘的光景，木偶的鼻

看到小木偶會唱會跳老喬開心極了。

子已長得無邊無際。

可憐的老喬費力地把鼻子削短，但他削得越多，那不著邊際的鼻子卻又長得更長。

完成鼻子後，他開始雕出嘴巴。

嘴巴還沒完工，就已經開始笑起來，還拿他開玩笑。

「不要笑！」老喬說道，不過一點用也沒有。

「不要笑！聽見沒有！」他語帶威脅地咆哮著。

木偶嘴上停止笑意，卻伸出舌頭來。

為了不想破壞進度，老喬假裝沒有看見，繼續雕刻。從嘴巴、下巴，然後是脖子、肩膀、肚子、手臂，以及雙手。

這時候，木偶的雙手已經完工囉！老喬卻察覺他的假髮從頭上被一把抓起，他抬頭一看，瞧，他看到了什麼？這個木偶手上正拿著他那頭黃色假髮啊！

「皮諾丘，快把我的假髮還來！」

皮諾丘才不聽呢！他把假髮往自己頭上一戴，半個人都被遮住了。

眼看木偶這麼調皮搗蛋，老喬這大半輩子從未這麼傷心難過，他對小木偶說道：「你這個小壞蛋，還沒有把你做好，你就對爸爸不敬，孩子，你太不聽話了。」

他邊說邊拭淚。

他還得做腳和腿呢！

木偶的腳才剛完成，老喬的鼻尖就被踢了一下。

「我真是活該！」他告訴自己。「我早該料到他會來這

麼一記，現在來不及了。」

他抱起木偶，把他放在地板上，看看他會不會走路。

皮諾丘的兩腿僵硬，一動也不動，老喬只得拉著木偶的手，教他怎麼把一隻腳放在另一隻腳的前面。

皮諾丘把腿伸直，他開始靠自己學會走路，又在屋裡跑來跑去，直到滑出了門口，跳上街道，一溜煙的跑掉了。

可憐的老喬賣命地在後面猛追，但還是沒能捉住他，這個小無賴跳起來跟兔子一樣，他的木腳打在人行道上喀喀作響，比四十隻兔子還要吵。

「捉住他！捉住他！」老喬大叫，街上人們看見一個木偶像阿拉伯賽馬一樣地瘋狂快跑，乾脆停下來觀望，大家看得出神，忍不住大笑起來，不停地笑啊笑的。

這時幸好有位警察路過。聽見一片譁然，猜想是哪頭小馬從主人那裡鬆開了韁繩，於是勇敢地往馬路中央一站，打算終止這場鬧劇，以免造成更大的災難。

皮諾丘遠遠地看見警察擋住了整條街，決定穿越他的跨下，可惜並沒有成功。

警察動也不動地一手拎起小木偶的鼻子──那又長又可笑的鼻子似乎就是生來讓警察拎的。警察把他還給老喬。老喬原本要扯住他的耳朵作爲處罰，不知怎麼的就是找不到耳朵。你們知道爲什麼嗎？因爲啊，老喬急著刻好木偶，卻忘了刻出一對耳朵來。

於是他拎著木偶的脖子，嚴厲地對他說：「走！跟我回

家去，看我怎麼修理你！」

　　聽到這番話，皮諾丘一屁股坐在地上，不肯回家。這時一群旁觀者和閒雜人等開始停下來圍觀，七嘴八舌的各自發表著意見。

　　「可憐的木偶！」有人說道。「難怪他不想回家，天知道殘忍的老喬會怎麼狠狠地揍他一頓！」

　　其他人不懷好意地說道，「那個老喬看來是個好人，但他對孩子們來說是個怪物，如果可憐的木偶到了他的手裡，只怕會被削成一片片的火柴。」

　　總而言之，大家的意見太多，警察只好釋放了木偶，而把老喬捉進大牢。老喬眼見找不到理由為自己辯護，不由得抽咽起來：「這個小壞蛋，也不想想我花了多少精力才把他做成一個很棒的木偶，一切都是我的錯，我早該料到的！」

　　接下來還發生了許多驚奇的故事，我們繼續看下去吧！

第四章

皮諾丘與蟋蟀的故事

　　好了，孩子們，我要告訴你們當老喬被送進監獄——儘管他沒犯錯——小壞蛋皮諾丘被釋放後，馬上就一溜煙地穿過田野回家去了。他飛快地越過高高堆起的土堆，長滿荊棘的灌木叢，滿溢出來的水溝，像個孩子似的，也像隻被獵人追趕的兔子沒命地狂奔著。

　　回到家裡，他發現門微微開著，並未鎖上。於是他推開門走進去，把門栓緊後，這才一屁股地坐在地上，放心地大嘆一口氣。

　　但這放心的時刻並沒有持續多久，他聽見房裡有個「喀哩！喀哩！」的聲音。

　　皮諾丘害怕地問：「是誰在呼喚我？」

　　「是我！」

　　皮諾丘轉身看見一隻大蟋蟀，緩慢地在牆上爬著。

　　「告訴我，蟋蟀，你是誰？」

　　「我是隻會說話的蟋蟀，住在這間房子裡已經超過一百年了。」

　　「但是這間房子現在是我的。」木偶說道。「如果你願意幫我一個忙，現在就離開這間房子，不許再回頭。」

「在我離開之前，我要告訴你一個真理。」蟋蟀回答。

「好吧，快說！」

「凡是忤逆父母親、離家出走的孩子都要遭殃。他們在這世上將到處碰壁，而且遲早會為自己的行為感到後悔。」

「隨你愛說多久就說多久吧！蟋蟀！我只知道明天太陽一出來，我就得離開這兒，因為我要是留在這兒，就得跟其他孩子一樣上學去，不管我喜不喜歡，一樣都要被迫唸書。至於我自己，我敢肯定地告訴你，我對上學這件事一點興趣都沒有，因為在野外追逐蝴蝶，爬到樹上嬉戲，把幼鳥從巢裡拿出來，都比上學來得有趣多了」

「你這個小笨蛋！難道你不知道當你長大後，每個人都會取笑你是頭大笨驢嗎？」

「閉嘴！你這個不吉利的蟋蟀。」皮諾丘大叫。

儘管皮諾丘這般無禮，蟋蟀仍然充滿耐心，像個哲學家似的用著同樣的語氣說道：「如果你不排斥上學的話，何不學點東西，至少可以幫你養活自己？」

「你要聽我的回答嗎？」皮諾丘已經快要失去耐心地答道。「世上可以學的東西很多，但我只想做一件事。」

「噢，是什麼？」

「我只想吃、喝、睡，從早到晚開心的享受生活，四處閒逛。」

「給你個建議吧。」會說話的蟋蟀用著一貫的冷靜說道：「做這些事的人通常不是被送進醫院，就是監牢。」

「聽著，如果你惹毛了我，肯定教你好看！」

「可憐的皮諾丘，我真替你感到難過。」

「你為什麼替我難過？」

「因為你是個木偶，更糟的是，你生來就是個木頭木腦的傢伙，真是無藥可救。」

聽到最後一句話，皮諾丘氣得跳起來，伸手抓起板凳上的木槌砸向會說話的蟋蟀。

或許皮諾丘並不是有意要打他，但很不幸地砸中了他的頭，可憐的蟋蟀還來不及喘氣大叫「喀哩，喀哩」，就被砸扁在牆上，從此一命嗚呼了。

雞蛋裡的小雞飛出了窗外

天色漸漸暗了，皮諾丘想起自己還沒有吃東西，開始覺得肚子咕嚕咕嚕的，似乎是餓了。

這個小傢伙的胃口越來越大，不過才幾分鐘，他的食慾已大得可以吃進一頭牛。

皮諾丘跑到火爐旁，想燒壺水，當他正要掀起水壺蓋子看看裡頭有些什麼，沒想到水壺不過是畫在牆壁上的圖畫罷了！你可以想像他有多麼失望吧！他的鼻子已經夠長了，這下子又多長出了四英吋。

於是他開始在房裡跑來跑去，翻遍所有抽屜和角落，連縫隙都不放過，只希望找到一點麵包，哪怕只是一片乾麵包，一點麵包屑，一根狗啃過的骨頭，一塊發霉的義大利麵，貓吃剩的魚骨頭，一顆櫻桃核，換句話說，只要任何能咀嚼的東西都行。但是，他沒能找到任何一樣東西，那兒什麼都沒有。

這時他越來越餓，隨著時間過去，肚子餓得更加厲害，可憐的皮諾丘餓得受不了，開始打起哈欠，他打起哈欠來可是大得嚇人，嘴角都伸到耳朵那兒去了。接著，他開始吐口水，因為他的胃已經餓得翻騰了。

一邊啜泣，一邊陷入絕望的他，想起會說話的蟋蟀說得真是沒錯。「忤逆我的爸爸，然後離家出走是個錯誤，如果爸爸在這裡，或許我現在就不會餓死了，噢！肚子餓真是一件恐怖的事！」

你瞧！他看見牆角的垃圾堆有個圓圓白白的東西，看起來像是枚雞蛋。他走過去彎腰一看，果真是雞蛋！

想像一下木偶這時多麼的高興！他擔心到頭來這是一場夢，於是把雞蛋翻來覆去的打量，又摸又親的，邊親邊問：「那麼我該怎麼煮它呢？做個煎蛋好了……不……水煮好了……不過，如果用炒的，可能會更美味些……或者，連殼煮好再剝殼來吃。不，最快的方式是用炒或水煮，我等不及要吃它了！」

說時遲那時快，他把平底鍋放在一爐火紅的炭盆上，鍋裡放的不是沙拉油或奶油，而是一些水，當水開始冒出蒸汽，啪的一聲！……他把蛋打開，準備把蛋汁倒進鍋裡。

可是流溢出來的不是蛋黃與蛋白，而是一隻會啁啾叫的小雞，很有禮貌地鞠躬說道：「皮諾丘先生，謝謝你幫助我破殼而出。希望你日後好好保重，順便替我向你的家人問候，再見囉。」

話一說完，小雞便展開雙翅，從敞開的窗戶飛出去，消失在遠方盡頭。

可憐的皮諾丘這會兒只能傻傻地站在那裡，眼睛直兜兜地往前看，嘴巴張得大大的，手上還拿著一些蛋殼碎片呢！

皮諾丘準備把蛋汁倒進鍋裡，可是流溢出來的不是蛋黃與蛋白，
而是一隻會啁啾叫的小雞。

就跟往常一樣，受到驚嚇的他開始放聲大哭，絕望的用力踩著地板，而且邊哭邊喊：「會說話的蟋蟀是對的，如果我不離開家裡，如果我的爸爸在這裡，我現在就不會餓得要死了，噢，肚子餓是多麼可怕的一件事啊！」

　　肚子餓得咕嚕咕嚕地叫著，聲音越來越大，他不知道該怎麼讓肚子安靜下來，只好出門到附近的村莊去，希望能遇到好心的人賞給他一些麵包填填肚子。

第六章

皮諾丘的雙腳燒焦了

　　那天晚上風勢大得嚇人，雷聲隆隆，閃電像是要把整座天空燃燒起來一樣，夜裡的寒風冷得刺骨，一陣狂風掀起了雲霧和灰塵，就連樹木也要發抖哀鳴。

　　皮諾丘害怕聽到雷電交加的聲音，不過他早已餓得忘了什麼是害怕，打開門來一股腦地跑到村子裡，舌頭伸得好長，喘得像條狗一樣。

　　這時四處空蕩蕩地，一片漆黑，所有店鋪都關門了，家家戶戶把大門關得老緊，街道上連隻狗的影子都沒有，就像陷入一片死寂。

　　皮諾丘只好餓著肚子絕望地按著門鈴，他不斷地按著，心想總會有人來開門的。

　　後來有個戴著睡帽的小老頭把頭探出窗外，生氣地大喊：「三更半夜的，你想做什麼？」

　　「能不能請你好心地賞給我一點麵包吃？」

　　「在這兒等等，我馬上回來。」老頭心想這八成是個街頭混混，三更半夜不睡覺，存心按鈴吵醒睡得好好的他。」

　　不一會兒，窗戶開了，老頭叫著皮諾丘：「走到窗戶下來，用帽子來盛。」

皮諾丘很快地拿下帽子作勢要盛，但他伸手去接時，卻被一桶冷水從身上倒下，從頭到腳都濕透了，簡直跟澆花沒兩樣。

他像個落湯雞一樣地走回家裡，又餓又累，連站著的力氣都沒了，乾脆坐下來，把他那雙泥濘的腳一股腦地泡在火紅的炭爐裡。

皮諾丘就這麼睡著了，那雙木腳開始燒了起來，漸漸地燒成了灰燼。

呼呼大睡的皮諾丘完全不知道那雙腳到底發生了什麼事。直到天亮了，傳來有人敲門的聲音，這才把他從睡夢中吵醒。

「是誰啊？」他邊打哈欠，邊揉著惺忪睡眼問著。

「是我啊。」

那是老喬的聲音！

第七章

老喬回家了，他把自己的早餐給了小木偶

　　可憐的皮諾丘雙眼都還睜不開，根本沒有注意到他的腳已經燒焦了，聽到爸爸的聲音，馬上跳著起來要去開門，但是走沒幾步就開始跌跌撞撞地連腳步都站不穩，試了好幾次，還是一屁股的癱坐在地板上。

　　他跌坐在地板上的聲音可是比起一袋木頭杓子從五樓滾下來還要響亮。

　　「開門！」老喬在門外喊著。

　　「不！爸爸，我開不了門！」木偶邊哭邊在地板上翻來覆去打滾。

　　「你為什麼開不了門？」

　　「因為他們把我的腳咬掉了。」

　　「誰咬了你的腳？」

　　「是貓！」此時皮諾丘看見跟前的一隻貓正伸出爪子玩起木屑。

　　「快開門！否則等我進去一定要叫你好看！」老喬再度對木偶喊話。

　　「是真的啊！我站不起來，你要相信我，噢，可憐的我啊，注定得一輩子用膝蓋走路了。」

老喬心想木偶又在惡作劇了，決定好好教訓木偶，想著想著，便爬上了窗戶，決定破窗而入。

原本他決定要給木偶一記教訓，沒想到，當他看見木偶果真失去了雙腿，癱坐在地板上時，心裡的怒火一時全消了，他趕緊把木偶攬在懷裡親吻著，甚至淚流滿面地告訴木偶，他有多麼疼愛他，「我親愛的小皮諾丘，你是怎麼把自己的腳燒掉了？」

「我也不知道，爸爸，我只記得昨晚很可怕，教我一生難忘，那時既是打雷，又是閃電，肚子又餓，會說話的蟋蟀告訴我，『都是因為我太頑皮，這下子報應來了。』然後我警告他說道：『小心點，大蟋蟀！』他卻又說：『你真是個木頭木腦的笨木偶。』氣得我拿起木槌砸過去，沒想到卻把他打死了，不過都是他的錯，我不是有意砸死他的。後來我把平底鍋放上火爐，不料蛋裡的小雞卻飛走了，他在離開之前還說了聲再見，順便要我替他向家人問好。於是我的肚子越來越餓，那位戴著睡帽的老人打開窗戶說：『站在窗戶下面，攤開雙手來盛食物。』我的頭上就這麼被淋上了一桶水。要點麵包不算是件壞事，是不是？我一路跑回家，因為我餓暈了，只好試著把雙腳放在火爐旁烘乾，然後你回來了，我才發現腳不見了，可是我還是好餓，但是我已經沒有腳了……嗚……嗚……嗚。」

可憐的皮諾丘開始放聲大哭，連五哩外都能聽得見他的哭聲。聽完這麼曲折離奇的故事，老喬只知道一件事，就是

小木偶餓壞了，他從口袋裡拿出三顆梨子給皮諾丘，「這三顆梨子原本是我的早餐，現在把它送給你，拿去吃吧，你吃完之後應該會感到舒服些。」

「如果你希望我吃了它們，可以幫我削皮嗎？」

「削皮？」老喬驚訝地回答。「孩子，我沒料到你對於食物這麼講究，這樣不好啊，孩子們應該從小培養不挑食的習慣，因為誰也不知道這世界上會出現什麼稀奇古怪的事，任何事情都有可能發生的啊！」

「我想你是對的。」皮諾丘肯定老喬的話，「但是我不吃沒有削皮的水果，我受不了水果皮。」

老喬心地善良，拿起削刀開始耐心地削著三顆水果，把所有削下的果皮放在桌角。

皮諾丘沒兩口便吃掉了第一顆梨子，當他正要把果核丟掉時，老喬急忙阻止他。

「別丟，或許以後還能派上用場。」

「我從來不吃果核……」皮諾丘生氣地大叫。

「誰曉得呢？任何事情都有可能發生。」老喬再度冷靜地說道。

三顆果核就這樣被留在餐桌上的果皮旁邊。

等到皮諾丘吃完，不，應該是吞完這三顆梨子後，他打了一個哈欠，然後又開始嗚嗚的哭了起來：「我現在還是覺得很餓。」

「孩子啊，我已經沒有東西可以給你吃了。」

「什麼！真的沒有東西可以吃了嗎？」

「只剩下果皮和果核了。」

「好吧，如果真的沒有其他東西可吃了，那我就吃點果皮好了。」

於是他開始嚼起果皮，起初他皺了皺眉頭，不過，他很快地一片接一片地把果皮全都吃光了，然後吃起果核。等到他把所有東西掃進肚子後，心滿意足地摸摸肚皮，「現在，我覺得好多了。」

「瞧。」老喬說道。「剛剛教你不要挑剔食物，是不是沒錯啊？親愛的，你永遠不知道以後會碰到什麼事情，這世界可是無奇不有啊！」

老喬回家了，他把自己的早餐給了小木偶

第八章

老喬賣了斗篷，替小木偶買課本

　　小木偶才餵飽肚子，又開始哭吵著想要一雙新的腳。

　　不過老喬為了教訓頑皮的他，便任由他吵鬧上半天，然後問他：「為什麼我要幫你再做雙新腳？好讓你再像上次一樣從家裡溜走嗎？」

　　「我答應你，從現在起，我會當個乖孩子……」小木偶抽抽咽咽地說著。

　　「所有的小孩都是一樣的，每當他們想要得到某些東西時，就會這麼說啊。」老喬回答。

　　「我答應你去上學，我會好好讀書，做個乖孩子……」

　　「所有的小孩都是一樣的，每當他們想要得到某些東西時，就會像你一樣說出這些話來。」老喬回答。

　　「可是我不像其他孩子一樣啊，我會比其他孩子還要乖，而且從來不撒謊。爸爸，我答應你去學點東西，等你年紀大了，可以讓你舒服地過日子。」

　　老喬雖然板著一張嚴肅的臉孔，眼裡卻泛著淚光，看到小木偶滿心歉意地說著，他的心不免揪了一下。老喬不發一語地拿起工具，挑了兩根加工過的木頭，開始專心工作。

　　不到一小時，兩隻木腳已經做好了：一雙精美的小腳，

看來出自一位偉大藝術家的巧手。

　　然後老喬對皮諾丘說：「現在闔上你的雙眼，然後睡上一覺吧。」

　　皮諾丘乖乖照做，假裝睡著。當他閉上眼睛時，老喬趁機拿出蛋殼裡的膠著液，把木腳黏到皮諾丘的身上，由於他的接著技術很好，誰也看不出接縫在什麼地方。

　　皮諾丘一看自己又有了雙腳，馬上從躺著的桌子上跳起來，在房子裡到處蹦蹦跳跳，快樂得不得了。

　　「為了回報你的恩情，我現在就上學去！」皮諾丘對他父親說道。

　　「真是個好孩子。」

　　「不過，如果我要上學，應該要穿點衣服。」

　　窮困的老喬這時口袋裡卻沒有半毛錢，只好用印花紙為他做成一套衣服，用樹皮做成一雙鞋，用麵包做了一頂可愛的帽子。

　　皮諾丘立刻跑到水盆前看看自己的模樣，他感到十分滿意，然後神氣地邊走邊說，「我看來就像個體面的紳士。」

　　「沒錯。」老喬回答，「不過要記住，不是穿上體面的衣服就能當個紳士，更重要的是衣服要整潔才成。」

　　「還有啊，如果要上學，還有一項最重要的東西呢！」

　　「唔，那是什麼呢？」

　　「我沒有課本。」

　　「噢，對，我們上哪兒買呢？」

「這個簡單，只要去書店買就可以了。」

「那麼，買課本的錢呢？」

「我可沒有。」

「我也沒有。」皮諾丘的父親沮喪地回答。

雖然皮諾丘平常是個生性樂觀的孩子，但他這時看起來也是一臉憂愁。因為真的缺錢時，任誰都高興不起來，連孩子也是一樣。

「別擔心，」老喬拿出那件破洞連連、補了又補的斗篷，直接衝出門去。

不久，他回來了，帶回一本課本給他親愛的小木偶，但斗篷已不再披在身上。可憐的老喬只穿了件襯衫，外面正下著雪呢！

「爸爸，你的斗篷呢？」

「我把它賣了。」

「你為什麼賣了它？」

「因為我穿著它，覺得太熱。」

皮諾丘很快地知道這是怎麼一回事，生性善良的他，心裡感動得立刻跳進老喬的懷裡，不停吻著疼愛他的父親。

第九章

皮諾丘爲了看木偶劇，把課本賣了

　　雪一停，皮諾丘就帶著新買的課本上學去了，沿路走著走著，小腦袋瓜裡想著各式各樣的白日夢，一個比一個還要精彩。

　　沿路上，他自言自語地說著：「今天我可以在學校裡學會認字，明天學會寫字，後天學會算術。瞧我這麼聰明，以後可以賺進很多鈔票，買件漂亮的棉布斗篷給爸爸，不，不是棉布做的，我要幫他買件用金子與銀子做成的斗篷，上面的鈕釦是鑽石做成的。可憐的爸爸應該穿上這件衣服，畢竟他爲了讓我成爲有學問的人，忍痛把斗篷賣了，這麼冷的天氣裡，身上卻只穿件襯衫……，只有當爸爸的人才會這麼犧牲自己。」

　　正當他講得起勁時，遠方傳來一種聲音，聽來像是笛子與低音鼓的聲音：嘀、嘀、嘀、咚、咚、咚。他停下來仔細聽，聲音來自遠方路的盡頭，就在靠近海邊的村子。

　　「這音樂是做什麼用的？可惜我得去上學了，否則……」

　　他停下來開始發愣，這下得做個決定：去上學或是去聽笛子。

　　「今天我先去聽笛子，明天我去上學，反正上學的時間

多得是。」不聽話的小木偶聳聳肩說道。

很快地，他轉身跑起來，越是接近村子，笛聲與鼓聲越清楚：嘀、嘀、嘀、咚、咚、咚。

後來他跑到一個聚集人潮的廣場，所有人圍聚在用木頭搭建的大帳篷旁，上面掛滿了色彩繽紛的布幔，顏色看來漂亮極了。

「那是什麼？」皮諾丘轉身問站在一旁的小男孩。

「你去看看海報上寫的字啊，上頭可寫得一清二楚。」

「我也很想看懂上面寫些什麼，可是我今天還沒學會認識字。」

「原來如此，傻瓜，那麼我念給你聽好了。喏，紅色大字寫的是『豪華木偶劇』。」

「已經開始很久了嗎？」

「才正開始呢！」

「要多少錢才能入場？」

「四毛錢。」

皮諾丘忍不住好奇心，厚著臉皮向那名小男孩說：「借我四毛錢好嗎？明天就還你。」

「我是很想借給你，但是今天不行。」小男孩嘲笑著跟皮諾丘說。

「只要四毛錢就好，我把夾克賣給你。」小木偶說道。

「我要一件用印花紙做成的夾克做什麼？萬一下雨，夾克就毀了。」

「那麼你願意買我的鞋子嗎？」

「這只能用來生火啊！」

「我的帽子可以賣你多少錢？」

「這點子不錯，用麵包做成的帽子，肯定引來一群老鼠，把我的頭給啃光。」

皮諾丘如坐針氈，只剩下最後一件東西可以賣給小男孩，但是他又拿不定主意。他猶豫、懊惱、愁困了老半天，最後拿出新課本，開口向小男孩說：「你願意用四毛錢跟我換新課本嗎？」

「我只是個小孩子，從沒跟其他人買過東西。」小男孩說道，比起小木偶顯得懂事許多。

「我願意花四毛錢跟你買這本新課本。」有個舊書商在一旁聽見他們的對話後馬上插嘴說道。

於是，新課本就這麼被賣給舊書商了。想想可憐的老喬啊！他把唯一的禦寒斗篷拿去幫小木偶換了上學用的新課本，此刻他還坐在家裡瑟縮發抖，身上除了舊襯衫之外，什麼都沒有了。

第十章

皮諾丘將陷入危機

　　皮諾丘走進木偶劇場看戲，那裡即將掀起一場風波。這時，布幕已經升起，表演已經開始了！

　　丑角哈樂魁與胖奇那羅站在舞台上，不時地互相鬥嘴，隨時隨地都要作勢打鬧一番。

　　所有觀眾看得全神貫注，笑得連肚子都疼了起來，因為台上兩位丑角就像真的會思考的人一樣比劃著手腳，相互叫罵。

　　可是哈樂魁突然停下表演，轉向觀眾群，指著最後一排的觀眾，以一種誇張的語調說：「聖潔的主啊！我是作夢，還是清醒啊！瞧那不是皮諾丘嗎？」

　　「可不是嗎！那是貨真價實的皮諾丘啊！」胖奇那羅大聲附和。

　　「就是他呀！百分之百的皮諾丘！」玫瑰小姐從後台探出頭喊道。

　　「皮諾丘！皮諾丘！」所有的木偶開始紛紛擁來，異口同聲地大叫，「我們的兄弟皮諾丘！皮諾丘萬歲！」

　　「皮諾丘，快到台上來吧！」哈樂魁大聲呼喚著。「快到這兒來加入兄弟姊妹的懷抱吧！」

聽見這麼熱情的邀請，皮諾丘馬上從觀眾席後方一躍而起，蹦蹦跳跳地穿過貴賓席、舞台指揮，最後直奔舞台，戲班子的所有男女演員包圍著他，熱情地又吻又抱、又拍又捏的，場面混亂得出乎了我們的想像。

　　唯一得承認的是這場面看來實在壯觀，但是觀眾的興致被打斷了，開始顯得不耐煩，紛紛向台上大喊：「表演啊！我們要看表演！」

　　不過說了也是白說，木偶們不願繼續表演，反倒變本加厲地把皮諾丘拱在肩上，把他扛著在舞台上走來走去，歡呼連連。

　　這時操縱木偶的人出現了，生得一副高大、醜陋而野蠻的模樣，十分嚇人。他的鬍子生得濃黑，跟墨汁沒兩樣，一路從下巴長到地板，而且當他走路的時候，都會踩到自己的鬍子。他的嘴巴大得跟廚房裡的爐子一樣，兩眼像是冒火的燈籠，雙手拿了一根像是由蛇與狐狸尾巴做成的鞭子。

　　操縱木偶的人是戲班子團長，他一出現，所有木偶全都閉上了嘴，停止了呼吸，甚至可以聽見蒼蠅飛在空中的聲音。這些可憐的木偶們，不管男的、女的，全都嚇得跟冷風中的葉子一樣不停地發抖。

　　「為什麼你一出現就攪亂了我的戲班子？」團長逼問著皮諾丘，他的聲音大得像是鼻子得了重感冒的魔鬼。

　　「不，相信我，那不是我的錯啊！」皮諾丘跪著求饒。

　　「夠了，住嘴！今晚你要為你的行為付出代價。」

團長逼問著皮諾
丘，他的聲音大
得像是鼻子得了
重感冒的魔鬼。
皮諾丘害怕得跪
著求饒。

表演一結束，團長就到廚房裡，那裡正在烹煮著羊肉，準備作爲他的晚餐。美味的羊肉串在爐火上慢慢轉著烘烤，不料這時柴火不夠了，於是他把哈樂魁與胖奇那羅叫來：「去把那個木偶給我帶來，他就掛在那個勾子上，在我眼裡看來，他是用上好的乾木做成的，把他丟進爐火裡，肯定會讓火勢燒得更旺，把肉烤熟。」

　　哈樂魁與胖奇那羅聽到這番話，雙雙愣了一下，但是一見團長發出銳利的目光，不由得嚇得連忙從命去辦。不一會兒，他們就把皮諾丘帶回廚房，手裡的皮諾丘就像滑出水面的鰻魚一樣，渾身嚇得癱軟，口裡只能絕望地大喊大叫：「爸爸！爸爸！救我！我不想死啊！不，不，我不要死！」

第十一章

吞火大爺原諒了皮諾丘

木偶戲班的團長，吞火大爺（這是他的外號），是個看來像是凶神惡煞的大個兒，我得承認，特別是他那驚人的大鬍子，幾乎遮住了他的胸膛與腳，像極了一件圍裙，但是實際上他並不是個壞蛋。因為他看見可憐的皮諾丘被帶到眼前，瘋狂地掙扎與叫喊著「我不想死，我不要死」的時候，他就開始心軟了，並對皮諾丘感到抱歉。臉上原本板著面孔的他，忍不住打了一個大噴嚏。

一聽見噴嚏聲，哈樂魁原本苦著一張臉，跪著像是個啜泣的小丑，瞬間雀躍起來，彎著身子，在皮諾丘耳邊輕聲說道：「好消息啊！兄弟，團長一打噴嚏，就表示他可憐你，現在你有救了。」

因為啊，你瞧，每個人對其他人露出同情心時，不是掩面哭泣，就是假裝擦掉眼角的一滴淚，而吞火大爺正好相反，他有個習慣，只要每次他可憐某些人的時候，就會打噴嚏。這是讓人知道他心軟的一種方式。

吞火大爺打完噴嚏，繼續以一貫粗理粗氣的語氣對皮諾丘大喊：「你別哭行不行？你一哭我的胃就開始難過起來，痛得……哈啾！哈啾！」他又開始連打了兩個噴嚏。

「上帝保佑你。」皮諾丘說道。

「謝謝你。你的爸爸、媽媽呢？他們都還在嗎？」吞火大爺問道。

「我只有爸爸，從來沒有見過我的媽媽。」

「我敢打賭，假如我把你丟進火爐裡當柴火燒掉，你的老爸肯定難過極了，可憐的老父親，我真是同情他啊……哈啾！哈啾！哈啾！」他又打了三個噴嚏。

「上帝保佑你啊！」皮諾丘再度說道。

「謝謝，不過你也必須可憐我，瞧，我現在已經沒有柴火可以拿來燒烤羊肉串了。坦白告訴你，原本你可以幫我一個大忙的，但是現在我對你起了憐憫之情，那麼我就必須忍耐。這樣吧，就從戲班子裡找一個替身當柴火好了，來啊！警衛！」

兩名警衛一接到命令，馬上出現，他們長得高高瘦瘦，頭上戴著鋼盔，手裡還配著長劍。

團長粗聲地告訴他們，「把哈樂魁帶來這裡，綁在牆上，然後把他扔進火爐裡，我要把羊肉徹底烤熟。」

想想這時可憐的哈樂魁多麼驚慌啊！他嚇得連腳都打結了，整個人撲倒在地上。

皮諾丘看見這幅景象，心都碎了，他衝到團長腳邊，哭得他的長鬍子濕答答的，極盡乞求地說道：「求求您大發慈悲吧，吞火大爺。」

「這裡沒有什麼大爺。」團長板著一張臉孔回答。

「求求您行行好……大俠……」

「這裡沒有什麼大俠。」

「求求您行行好……我的主子……」

「這裡沒有什麼主子不主子的。」

「求求您行行好……陛下大人……」

一聽到陛下大人的字眼，團長一度覺得和藹可親，開始變得人性化了。他問皮諾丘：「好吧，你要我幫什麼忙？」

「求你饒了可憐的哈樂魁。」

「這可行不通，既然我饒了你一命，就得把他丟進火裡燒掉，羊肉總要烤熟嘛。」

「好吧。」皮諾丘平靜地回答，站起來摘下用麵包做成的帽子，「好吧，我知道該怎麼做了。過來吧，警衛大人，把我也捆起來丟進火裡吧，我不能讓親愛的朋友哈樂魁為我受死。」

皮諾丘以宏亮的聲音用英雄式的語調大聲說著，讓所有在場的木偶們感動得痛哭流涕。包括警衛在內，雖然他們都是用木頭做的木偶，但都哭得像是剛出生的嬰兒一樣。

起初吞火大爺就像是身上結了冰，又冷又硬，慢慢地，他被皮諾丘融化了，開始打起噴嚏。連打了四、五個噴嚏後，他感性地張開手臂，告訴皮諾丘：「你真是個好孩子，過來，親我一下。」

皮諾丘立刻跑過去，像個松鼠似的爬上團長的鬍子，在他的鼻尖狠狠地吻了一記。

「那麼，我沒事了嗎？」可憐的哈樂魁悄聲地問著，聲音微弱得幾乎聽不見。

　　「你沒事了！」吞火大爺回答，邊搖頭邊嘆氣，「算了，今天晚上我決定要吃半生不熟的羊肉了，下一回就等著瞧是哪個倒楣鬼吧！」

　　木偶被釋放的消息傳了開來，所有木偶衝到舞台上，打開腳燈與枝型吊燈，開始跳舞狂歡，熱鬧得像是慶祝節慶似的，一直快樂地跳到清晨。

第十二章

吞火大爺把金幣給了皮諾丘

　　第二天，吞火大爺把皮諾丘叫到一邊說話，問道：「你的父親叫什麼名字？」

　　「老喬。」

　　「他是做哪一行呢？」

　　「窮人。」

　　「賺得不多嗎？」

　　「他現在口袋裡連半毛錢都沒有。你知道嗎？為了幫我買本新課本，好讓我上學，他把唯一的斗篷賣了，整件衣服上面早已到處是補釘。」

　　「可憐的傢伙，我真是同情他，這裡有五個金幣，快拿回家送給他，順便替我向他問好。」

　　皮諾丘感動得一再地向團長道謝，他與戲班子的演員們一一擁抱道別，包括警衛在內，然後帶著喜悅出發回家了。

　　但是走著走著，才走了半哩遠，就在路上遇見了瘸了一條腿的狐狸與一隻兩邊眼睛都瞎了的貓，他們沿路互相一跛一瘸的扶持對方走著，就像共患難的伙伴，就這樣狐狸搭著貓，貓領著狐狸走著。

　　「早安，皮諾丘。」狐狸禮貌地向他打招呼。

「你怎麼知道我的名字？」木偶回答。

「我認識你的父親啊！」

「你在哪裡見過他？」

「我昨天看見他坐在家門口前面。」

「那麼他在做什麼？」

「他身上只有穿著襯衫，不停地發抖。」

「可憐的爸爸！不過不要緊，從現在開始，他不會再發抖了。」

「爲什麼？」

「因爲我加入上流社會的行列了。」

「上流社會？你嗎？」狐狸問著，然後開始充滿嘲笑意味地大笑起來，貓也跟著大笑，不過爲了掩飾這番嘲弄的行徑，他假裝用貓爪子梳理著鬍鬚。

「這有什麼好笑的啊？」皮諾丘氣得大叫。「你們一定是聽得流口水了吧？東西都在這兒，瞧！這是五枚貨眞價實的金幣。你們認得出來嗎？」

他把吞火大爺給他的五枚金幣攤開給他們看。

金幣匡啷匡啷的聲音聽得狐狸耳朵癢了起來，忍不住把瘸了的腿伸了出來，瞎貓馬上睜開雙眼，彷彿兩盞發出綠光的燈籠，但他爲了避免皮諾丘發現，趕緊閉上眼睛。

「現在，」狐狸問道，「你打算怎麼用這些金幣呢？」

「首先，」木偶回答，「我要爲親愛的爸爸買件新斗篷，那是用金子、銀子、以及鑲有鑽石鈕釦做成的，然後我

要為自己買本新課本。」

「為你自己？」

「當然啊，因為我要上學，開始用功唸書。」

「看看我吧！」狐狸說道。「我那渴望上學的可笑理由，讓我失去了一條腿。」

「看看我吧！」瞎貓說道，「因為想念書的愚蠢熱情，我瞎了雙眼。」

這時候，向來在路邊籬笆上唱歌的小鳥開始說道，「皮諾丘啊！不要聽這些壞朋友的建議，否則你會後悔的。」

可憐的小鳥說完就再也沒有機會說話了，因為瞎貓一躍而起把他捉了下來，他連一聲「噢！」的機會都沒有，就這樣被貓一口吞進肚子，連毛帶骨一點兒都不剩。

吞下小鳥後，瞎貓擦擦嘴巴，再度閉上雙眼，假裝跟以前一樣看不見。

「可憐的小鳥！」皮諾丘對瞎貓說道，「你為什麼這麼殘忍地對待他？」

「我只是給他點教訓，以後他就明白不要打斷別人的對話。」

他們朝著皮諾丘的家走了一半的路程後，狐狸突然停了下來，對木偶說，「你想不想多賺一倍的錢啊？」

「你的意思是？」

「你想把少得可憐的五枚金幣變成一百枚、一千枚、或是兩千枚嗎？」

「想啊！怎麼變呢？」

「簡單極了，不要回家，跟著我們走。」

「你要帶我上哪兒去？」

「去傻子國。」

皮諾丘想了又想，然後堅定地說，「不，我不想去那裡，現在我已經離家很近了，我想回家，爸爸在等我，可憐的爸爸，昨天我沒有回家，他一定很難過，我是個不乖的孩子，會說話的蟋蟀說得對，『不乖的孩子在這世上會處處碰壁。』我已經用盡一切證明，因為這些不幸已經降臨在我身上，就連昨晚在吞火大爺的戲院，我都碰到了危險……唉，只要想到這件事，我就要發抖。」

「好吧，看來你真的很想回家，是不是？那麼回去吧！不過，你會後悔的。」狐狸說道。

「你一定會後悔。」瞎貓附和。

「好好考慮，皮諾丘，別讓大撈一筆的機會飛了。」

「大撈一筆的機會。」瞎貓重複。

「你那五枚金幣過了一天就會變成兩千枚。」

「兩千枚金幣。」瞎貓說道。

「這怎麼可能呢？」皮諾丘驚訝得張大了嘴。

「讓我為你解釋，」狐狸說道。「你看，傻子國多得是大筆大筆的土地，人稱奇蹟之地，你只要在這裡挖一個坑，倒進兩壺泉水，灑上一些鹽巴，晚上儘管睡上一場好覺，晚上金幣會越變越多，第二天醒來，等你回到那裡就會發現一

棵像是六月豐收的麥穗一樣長滿金幣的仙樹。

「如果，」聽得出神的皮諾丘問，「我把五枚金幣全埋在地下，那麼第二天我會有多少金幣呢？」

「這簡單，」狐狸回答，「你可以用手指頭數數看啊！假如一枚金幣可以長出五百枚，那麼第二天你就可以在口袋裡放進兩千五百枚閃亮的金幣了。」

「噢！多棒！」皮諾丘驚呼，高興得跳起舞來。「只要我把這些金幣採下來，我要把兩千枚留給自己，其他五百枚送你們作為禮物。」

「給我們的禮物？」狐狸叫著，似乎受到屈辱的一口回絕，「我們寧願死也不能拿。」

「不能拿！」瞎貓重複說道。

「我們，」狐狸繼續說道，「不是為了私利而工作的，我們做事都是以為他人謀福利為目的啊。」

「為他人謀福利為目的。」瞎貓重複說道。

「你們真是好人啊！」皮諾丘這麼認為，於是乎，他忘記了仍在家裡等待的老父親、新的斗篷、新的課本，還有那些美好的念頭，然後他對狐狸與瞎貓說道：「我們馬上出發吧，我跟你們走。」

· 皮諾丘把吞火大爺給他的五枚金幣
拿出來給他們看。

第十三章

紅蝟客棧

　　他們走著走著，直到天色暗了，於是筋疲力盡地留在紅蝟客棧休息。

　　「我們在這裡稍稍停留一會兒。」狐狸說道。「吃點食物，休息幾個鐘頭，然後在子夜時分出發，明天一早就能抵達奇蹟之地。」

　　三人走進客棧，圍坐在餐桌旁，卻一點食慾都沒有。

　　瞎貓的胃犯了嚴重的消化不良，只能吃進三十五條茄汁鰹魚，與四分洋蔥豬肚，不過他覺得豬肚味道不夠好，於是親自塗上了三層奶油和起士。

　　狐狸也想大啖一番，不過醫生叮嚀他注意節制飲食，只好點了甜醬烤野兔作為開胃菜，然後點了一道雜燴，裡面有野鳥、兔子、青蛙、蜥蜴，以及白葡萄，吃完這些東西之後，他就對其他菜色倒盡胃口了，再也不肯吃進任何東西。

　　皮諾丘吃得最少，他只點了核桃和麵包，卻全擺在盤子裡，動都沒動。可憐的皮諾丘，腦子想的淨是奇蹟之地的事，那些長滿樹梢的金幣早已讓他把食物忘得一乾二淨。

　　他們吃完晚餐後，狐狸對客棧主人說，「我要兩間上等房間，一間給皮諾丘，一間給我和我的伙伴，在我們啟程之

前需要小睡片刻，記住，我們要在子夜上路喔。」

「是的，先生。」客棧主人回答，又對狐狸與瞎貓使了眼色，似乎是說：「我知道你們在打什麼主意囉。」

不久，皮諾丘一上床睡覺就開始作夢。夢裡，他看著一片田野，那裡長滿一叢叢的小樹，上頭結實纍纍，掛滿成串金幣，隨風飄盪下發出「叮叮叮」的聲音，好像說著「不管是誰，來把我們帶走吧」！但是正當皮諾丘挑了一個最好的位置，伸出手準備去盛滿可愛的金幣，把它們放進口袋裡時，突然被三記敲門聲驚醒。

原來是客棧主人來喊他起床，當時已經是半夜了。

「我的朋友都準備動身了嗎？」皮諾丘問道。

「準備好？我正要說呢！他們早在兩小時之前就已經上路了。」

「他們為什麼那麼匆忙？」

「因為瞎貓接到消息，說是他的大孩子腳上得了凍瘡，眼看就要沒命了。」

「那麼他們付清晚餐的錢了嗎？」

「甚麼話！他們是有教養的人，怎麼可能大膽預先結帳，冒犯你這位上流人士呢？」

「真可惜，我倒是希望他們冒犯了我呢！」皮諾丘抓抓頭皮說道。然後他又問了，「那麼我那兩位親愛的朋友有沒有說在哪裡等我呢？」

「明天天一亮，他們會在奇蹟之地等你。」

皮諾丘拿出一枚金幣付清他與兩位朋友的晚餐帳單，然後就出發了。

不過外頭還是一片漆黑，伸手不見五指，只好一路摸黑前進，走在野外，四處一片靜悄悄地，甚至能聽見樹葉掉落的聲音呢！無意間，有隻夜行鳥飛過樹叢，翅膀還拍到皮諾丘的鼻子呢！嚇得他往後大跳一步，大叫：「是誰？」然後，遠方的山谷傳來回音：「是誰在那裡？是誰在那裡？是誰在那裡？」

皮諾丘繼續走著，不久他發現前方樹梢有個東西，身上發出幽微朦朧的光芒，就像透明的陶瓷燈籠發出夜光。

「你是誰？」皮諾丘問道。

「我是會說話的蟋蟀的魂魄。」小東西用一種非常微弱的聲音說道，彷彿從另一個世界傳來。

「你要我幫什麼忙呢？」

「我要給你一些建議，帶著你的四枚金幣轉身回家，送給你可憐的爸爸，他現在傷心欲絕，因為他在等你回家。」

「明天我的爸爸就會變成偉大的紳士，因為這四枚金幣會長出兩千枚金幣來。」

「孩子啊！永遠不要相信那些教你一夜之間成為有錢人的承諾啊！說這些話的人不是瘋子就是騙子。聽我的勸，快點回家去。」

「但我想去。」

「現在已經很晚了。」

「我要繼續往前走。」

「夜已經深了。」

「我要往前走。」

「這條路很危險的。」

「我要繼續往前走。」

「記住啊！這些因為一時興起而衝動做事的孩子們到頭來一定會後悔的。」

「這些話都是老掉牙了，晚安了，蟋蟀！」

「晚安啊！皮諾丘，願上帝保佑你遠離愚蠢的念頭，躲過殺人犯。」

說完這番話後，會說話的蟋蟀就像一度點燃的蠟燭瞬間消失了，而這條路也變得更加黑暗了。

皮諾丘遇見了謀殺犯

「眞是的，」小木偶上路後開始自言自語起來，「我們這些可憐的小男孩眞是不幸啊！每個人總要數落我們一頓，建議這些，建議那些，如果讓他們繼續說下去，你可能會以爲這些人是我們的爸爸或是老師，包括會說話的蟋蟀也是。你們看看，就因爲我不聽蟋蟀的話，他就要詛咒我遇上許多倒楣的事，像是我可能遇到謀殺犯等等。幸好我從來不相信有什麼謀殺犯。我倒覺得謀殺犯是爸爸編出來的故事，用來嚇嚇小朋友的，好讓他們不會在夜裡跑出去玩。不論如何，要是我在路上遇到這些人，會不會感到害怕呢？絕對不會！我會走上前去，大聲地對他們說，『刺客先生，你想對我怎麼樣？我可警告你，沒有人可以開我玩笑，你們最好走開，給我當心點！』只要我這麼一講，他們準會溜煙似地跑開，我敢拍胸脯保證。假如他們沒有跑掉，那麼換我跑掉好了，就這麼辦。」

皮諾丘這時無法繼續天馬行空的想像下去，因爲後頭傳來樹葉沙沙作響的聲音。

回頭一看，發現黑暗中有兩個恐怖的黑色身影，全身裹在裝煤炭的袋子裡，他們踮著腳尖往他那裡跳去，看來就像

一對幽靈似的。

「他們出現了！」他自言自語地說道，眼下不知道該把四枚金幣往哪裡藏好，萬不得已只好把金幣放在嘴裡，埋藏在舌頭下面。

然後他拔腿就跑，但是就在他要逃跑的時候，對方一手捉住他的胳膊，耳邊傳來可怕的聲音說道，「你是要錢？還是要命？」

皮諾丘根本說不出話來，因為金幣塞滿了嘴，於是只好跪下來，不斷地磕頭、比手劃腳，讓那些只露出眼睛的歹徒知道，他只不過是個可憐的木偶，口袋裡連半毛錢都沒有。

「廢話少說，把錢拿來！」兩名歹徒威脅著他說道。

皮諾丘還是搖頭晃腦地，做出手勢，好像是說，「我沒有錢。」

「把錢交出來，否則納命來！」高個子壞蛋說道。

「納命來！」另外一個壞蛋接著說。

「等我殺了你之後，我們順便送你老爸上西天！」

「送你老爸上西天！」

「不，不，不，別殺我可憐的爸爸！」皮諾丘急得哭喊，可是他這麼一喊，嘴裡掉出了金幣。

「噢！你這個無賴，原來你把錢藏在嘴裡啊！快全都吐出來！」

皮諾丘不聽。

「哼！假裝聽不見是不是？等著瞧，我們一定會讓你吐

出所有的錢來。」

　　一個人抓住他的鼻尖，一個人抓著他的下巴，開始粗魯地伸手往嘴裡掏錢，一個人往上，一個人往下，就是要逼他張開嘴巴把錢吐出來。可是他們拿他一點辦法也沒有，木偶的嘴巴就像釘上釘子一樣牢靠。

　　後來個子較小的歹徒拿出一把可怕的尖刀，準備撬開皮諾丘的嘴唇，但是皮諾丘以迅雷不及掩耳的速度咬住對方的手，竟一口給咬斷了，等到他吐出來後，你絕對無法想像他有多麼驚訝，沒想到眼前吐在地板上的手是貓的爪子啊！

　　嚐到一舉勝利的滋味後，皮諾丘膽子也變大了，他擺脫了兩名歹徒的魔爪，一跳就跳過了田野，歹徒在後面窮追不捨，一個被咬掉了爪子，一個只剩一條腿能跑，天曉得他們是怎麼個追法。

　　一路追了十五碼遠之後，皮諾丘再也跑不動了。他只好爬上一株很高的松樹，坐在頂端的樹幹上，兩個壞蛋也想跟他一起爬上去，可是每次爬到一半，就一屁股的滑到地上，把手腳的皮都擦破了。

　　儘管如此，他們還是不願放棄，乾脆找來一堆乾木頭放在松樹下生火，很快地，松樹燒了起來，四處一片火海，就像風中蠟燭搖曳個不停。眼看火勢迅速竄燒起來，皮諾丘可不想成為烤乳鴿呢！他趕緊從樹頂跳下來，沒命地往前跑，穿過田野和葡萄園，而那兩個壞蛋還是緊追不捨，似乎一點兒也不累的樣子。

天色漸漸亮了，他們還在跑呢！不過，這時眼前出現了一條又深又寬的大水溝，污水的顏色就像拿鐵咖啡一樣，看來混濁極了。這下該怎麼辦呢？「一，二，三！」皮諾丘大聲數著，準備一鼓作氣地跳到對岸去。兩個壞蛋也跟著跳了，但是他們沒有算準距離，只能「噗通！噗通！」的跌進了水溝。皮諾丘聽見水花濺起的聲音，不由得大笑起來，但仍然繼續往前跑，嘴裡不忘喊著：「祝你們洗得愉快啊！殺人犯先生！」

皮諾丘以為他們一定會被淹死，沒想到他們竟從溝裡爬了出來，繼續在後面追著他，身上仍然裹著布袋，全身濕答答的不停流出髒水，看來像是兩口會漏水的籃子。

第十五章

歹徒追上皮諾丘，把他綁在大橡樹上

眼看這次逃不了，正當皮諾丘打算撲到地上放棄逃跑時，他看看四周，發現遠方有棵深綠色的大樹，環抱著潔白如雪的小屋子。

「如果我還有力氣跑到那裡去的話，說不定還有救！」

一刻都不容遲緩，他開始拼命地直往樹林裡頭衝去，歹徒這會兒還是緊緊追著他不放呢！

連續瘋狂地跑了兩小時後，皮諾丘終於抵達了目的地，這時幾乎喘不過氣來，他趕緊用力地敲了敲門。

沒人應門。

他又大聲地敲了一次門，只聽見歹徒的腳步聲越來越響亮，眼前仍然沒有回應。

看來敲門也沒有用，他開始用踢、用頭去撞門，這個方法奏效了，有個可愛的小女孩走到窗戶前往外看。她有著藍色的頭髮，蠟一般白的臉蛋，眼睛閉著，雙手交叉放在胸前，說話時嘴唇動也不動，聲音像是從另一個世界傳來一樣低沈，「這裡沒有人住，他們全都死了。」

「求你開開門吧！」皮諾丘邊哭邊哀求說道。

「我也已經死了。」

「死了？那麼你在窗戶旁邊做什麼？」

「我在等棺木來接我。」

說完這番話後，小女孩消失了，窗戶也靜靜地關上了。

「噢！淡藍色頭髮的小女孩。」皮諾丘呼喚著。「求你行行好，開開門！可憐可憐我這個被歹徒追殺的小男孩！」

他來不及說完就被抓住了脖子，後頭傳來凶巴巴的聲音說道，「這次休想再從我們手裡逃走！」

死亡的念頭閃過腦海，小木偶嚇得渾身發抖，木頭做的腳開始咯咯作響，連舌頭下面的金幣也匡啷匡啷的響著。

「好了吧？」歹徒威脅著說道，「你到底張不張開嘴巴？啊！不回答是吧？……好，這次交給我們，讓我們把你的嘴巴打開。」他們取出兩把亮晃晃的長尖刀，咻——咻——幾聲，就朝小木偶的身上劃去。

幸虧小木偶是用上好的硬木做成的，尖刀瞬間斷成了碎片，兩個壞蛋手裡只剩下刀柄，看到這個情景，兩人都愣住了，只能你看我啊，我看你的，卻說不出話來。

「好極了！」其中一人開口說道，「我們乾脆把他吊死好了，就這麼辦！」

「吊死他！」另外一人重複著。

他們一點也不費力地就把小木偶綁在背後，試著在他喉嚨上打個結，然後把他吊上大橡樹的樹枝上。他們坐在草地上，等著看小木偶斷氣，但是過了三個鐘頭，小木偶眼睛還眨呀眨的，嘴巴緊閉，但仍活著，兩條腿也踢得更有勁。

歹徒追上皮諾丘，把他綁在大橡樹上

最後，壞蛋們實在沈不住氣了，他們看看皮諾丘，然後挖苦他說道：「再見了，皮諾丘，我們明天還會過來，希望你明天聽話死掉，把嘴裡的金幣全吐出來。」

　　說完，他們就離開了。

　　他們走後不久，忽然颳起一陣強勁的北風，北風狂亂地咆哮、呼喊，把皮諾丘吹過來又吹過去，弄得他像個快樂的鐘擺似的，在風中不停地擺盪。不過，這卻讓他脖子上的繩索勒得更緊，而呼吸也變得更加困難了。

　　慢慢地，他的視線開始變得模糊起來，雖然心知死亡離他不遠了，但他還是抱著希望，但願好心人現身過來搭救他。就這樣等了又等，卻沒有人過來，一個人也沒有。他不由得想起可憐的老爸爸……，喃喃自語說道，「噢！我親愛的爸爸，如果你在這裡就好了……」

　　這時他就快要死了，無力再多說什麼。他閉上了雙眼，張大了嘴巴，兩腿伸得直直的，全身抖了一下，掛在樹梢，身體僵直得宛如一副死屍。

藍仙子把木偶從樹上救下來

　　可憐的皮諾丘被懸吊在大橡樹的樹枝上，如今只剩下最後一口氣了。這時藍色頭髮的小女孩走到窗邊，打開了窗戶，看見可憐的木偶脖子被勒住，垂掛在樹上，兩條腿任由北風呼嘯下大跳塔朗特旋舞，她看了不忍心，於是輕輕拍了三次手。

　　信號一發出，馬上就聽到遠方傳來翅膀拍動的聲音，這時有一隻大獵鷹飛到窗台上。

　　「請問有什麼指示？美麗的仙子。」獵鷹低著頭說道，表示尊敬。你可知道，原來這個藍色頭髮的小女孩是個好心的仙女，住在這片森林已經有千年之久了。

　　「你看見那個吊在大橡樹上的木偶了嗎？」

　　「看見了。」

　　「很好，趕緊飛過去，用你的尖嘴撬開繩子，然後把他輕輕地放在大橡樹底下的草地上。」

　　獵鷹飛了出去，兩分鐘後，他又飛回來說道，「我已經完成你的吩咐了。」

　　「他怎麼樣了？是生是死？」

　　「他看來像是死了，或許還沒有完全死掉，因為當我

鬆開他脖子上的繩子時，他喘了一口氣，似乎朦朦朧朧地說著，「我現在好多了。」

仙子繼續輕輕地拍了兩次手，隨即出現了一隻姿態高貴的獅子狗，他挺直了背，只用兩隻後腿走路，看起來與人沒有兩樣。

獅子狗的一身裝扮就像是個馬車夫，頭戴一頂鑲有金邊的三角帽，帽子下方是一頭垂落到領口的白色假捲髮。巧克力背心鑲有鑽石鈕釦和兩道深口袋，裡頭裝著女主人在晚餐時賞賜給他的骨頭。他穿著由紅色天鵝絨做成的絲質馬褲、短馬靴，在他身後還有一口靛藍色的雨傘套子，可以防止下雨時打濕他的尾巴。

「過來這裡，好孩子，敏多羅！」仙子對獅子狗說道。「趕緊到馬廄去，把我上好的馬車開到前方大樹下的馬路上，不得耽擱！你在大橡樹底下可以發現躺在草地上奄奄一息的木偶，把他抱上車，輕輕地放在馬車裡的坐墊上，把他送回來我這裡，聽清楚了嗎？」

獅子狗搖了搖他那靛藍色的尾巴，表示聽懂了。接著就像個阿拉伯車伕似的快速跑開。

不一會兒，一輛天空藍的漂亮馬車從馬廄出現，車裡鋪著淡黃色的坐墊，覆上一層奶油、軟酥餅和果凍。由一百隻白老鼠拉著馬車，獅子狗則坐在車廂裡，手裡左右揮動著鞭子，像個深怕遲到的計程車司機。

不到十五分鐘，馬車開回來了。仙子早已在門口等著，

她把可憐的小木偶抱進珍珠白的臥室裡，還差人把幾位街上有名的大夫找來替小木偶看病。

大夫們一一急忙地趕了過來，他們分別是烏鴉、貓頭鷹、會說話的蟋蟀。

「我希望各位先生能告訴我實話。」仙子向圍繞在皮諾丘床邊的大夫們說道。「請各位先生告訴我，這個可憐的小木偶是活著還是死了？」

烏鴉率先走上前去，摸摸皮諾丘的脈搏，然後摸摸他的鼻子和腳尖。當他做完檢查後，一臉嚴肅地宣布：「從我的診斷看來，小木偶的確是死了，不過，如果他萬一還沒死的話，肯定還留著一口氣。」

「很抱歉。」貓頭鷹說道，「我的意見和這位有名的朋友與同僚──烏鴉大夫，正好相反。依我看來，小木偶還是活著。」

「你沒話要說嗎？」仙子轉身問起會說話的蟋蟀。

「我說啊，假如大夫在檢查過病人之後不知道該說什麼的話，最好的辦法就是安靜等待。另外，我對小木偶並不陌生，似乎曾見過幾次面。」

原本皮諾丘還像是貨真價實的木頭一樣動也不動地躺在床上，卻在蟋蟀說完話後抖了一下，連整張床也跟著整個抖了起來。

「這個木偶啊！」會說話的蟋蟀說道，「真是個數一數二的小淘氣啊！」

皮諾丘張開眼睛，沒多久又再度闔上。

「他是個惡棍、懶骨頭、沒用的東西。」

皮諾丘把他的頭埋在床單底下。

「這個木偶是個不聽話的孩子，他可憐的老爸爸遲早會爲他傷透了心而死。」

這時房間裡傳遍了啜泣的哭聲，大家輕輕地把被單拉開，卻發現是皮諾丘在哭。

「當一個人活過來後忍不住痛哭時，這就表示他已經逐漸康復了。」烏鴉大夫煞有其事地說道。

「真是抱歉，我的意見正好與我這位大名鼎鼎的朋友兼同僚大大地相反啊，」貓頭鷹大夫說道，「以我看來，當一個人活過來後痛哭，這就表示他並不想死啊！」

・大夫們一一急忙地趕了
過來為皮諾丘治病，他
們分別是烏鴉、貓頭
鷹、會說話的蟋蟀。

皮諾丘終於乖乖吃藥

　　三名大夫才剛離開房間，仙子就走向皮諾丘，摸摸他的額頭，發現他發了高燒。

　　於是仙子取來半杯白開水，倒下一些白色藥粉，遞給小木偶，並且說道，「喝下它，你就會覺得舒服多了。」

　　皮諾丘看看藥水，開始皺起眉頭來，嘀咕著說：「這是甜的？還是苦的？」

　　「是苦的，但是對你有幫助。」

　　「如果是苦的，我不喝。」

　　「聽我的話，喝下它。」

　　「我不喜歡苦的東西。」

　　「喝下它，等你喝完，我答應給你一顆甜甜的糖果，這樣可以去掉苦味。」

　　「糖果在哪裡？」

　　「喏，在這兒。」仙子回答，然後從金色的糖果盒裡取出一顆糖。

　　「你能保證乖乖吃藥嗎？」

　　「嗯。」

　　仙子把糖果給了皮諾丘，他一秒鐘不到就把糖果給嚼碎

吞了下去，一邊滿足地舔舔嘴唇，一邊說道，「如果苦藥也是糖果就好了，我願意天天吃藥。」

「現在你該守信用了，快把這些藥水喝完，這樣身體才會好起來。」

皮諾丘心不甘情不願地接過杯子，湊近鼻子聞一聞。然後放到嘴邊，又放到鼻子旁聞一聞，最後他說，「這太苦了，太苦了！我不要喝。」

「你還沒喝過，怎麼知道是苦的呢？」

「光是想像就知道了，我也聞過味道了。我想再吃一顆糖，然後才喝藥水。」

仙子就像是個很有耐心的媽媽，取來一顆糖放進木偶的嘴裡，然後把藥水遞給他。

「我還是不能喝。」木偶扮起鬼臉說道。

「為什麼？」

「因為我腳上的枕頭讓我覺得很不舒服。」

仙子趕緊把枕頭移開。

「還是不行，我還是不能喝。」

「現在又是什麼事情讓你不舒服？」

「房門半開著，讓我很不舒服。」

於是仙子走過去把門關上。

「不管，」皮諾丘開始迸出眼淚大吵，「我不要喝這個討厭的東西，不要，不要，不要！」

「孩子，你會後悔的。」

「我不管！」

「你病得很厲害啊。」

「我不管。」

這場高燒在幾個小時之內就會把你帶到另一個世界去。

「我不管。」

「難道你不怕死掉嗎？」

「我什麼都不怕！我寧願死也絕對不要喝那個討人厭的藥水。」

就在這時候，那扇房門再度被打開了，四隻黝黑得像墨水一樣的兔子走進來，肩膀上扛著一副小小的棺木。

「你想要對我做什麼？」皮諾丘嚇得從床上坐起來。

「我們要把你帶走。」最胖的那隻兔子說道。

「把我帶走？……可是我還沒有死啊！……」

「是還沒有，但你只剩下幾分鐘的時間就要到另外一個世界去了，因為你不肯把對你有好處的藥吃下去，那個要人命的高燒是絕對好不了的。」

「噢！我親愛的仙子，親愛的仙子啊！」木偶開始喊叫著，「快點給我藥水……快點……求求你行行好，我不想死，不要，不要，……我不想死！」

他雙手捧著藥水，一口氣喝光它。

「算了，」兔子們說道，「這次我們白跑一趟了。」說完就扛著小棺木走出房間，嘴裡仍不停地咕噥抱怨著。

無論如何，幾分鐘後，皮諾丘就從床上跳下來，完全康

· 這時房門被打開了，四隻
 黝黑得像墨水一樣的兔子
 走進來，肩膀上扛著一副
 小小的棺木。

復了。你瞧，木偶很少生病，就算生病了，也能很快地恢復健康。

　　看他生氣勃勃地在房裡四處跳來跳去，就像小公雞一樣快活，仙子說道，「我的藥水對你有用吧？」

　　「是真的耶！它救了我一命。」

　　「那麼我剛才一直要你喝，為什麼你寧死都不肯呢？」

　　「我們男孩子就是這樣，不怕生病，就怕吃藥啊！」

　　「你真是羞羞臉，小孩子應該學習及時吃下有幫助的藥，這樣可以醫好重病，救回一條小命。」

　　「好吧，下次我就知道了，我會記住那些肩膀上扛著棺木的黑兔子……然後我會趕快拿起杯子，把藥水喝完。」

　　「現在過來這裡，告訴我，你是怎麼落到那兩個壞蛋的手裡的？」

　　「嗯，事情是這樣的，木偶戲班子的團長吞火大爺給了我五枚金幣，告訴我『這是送給你的，帶回去給你的爸爸。』然後，在回家的路上我遇見了狐狸和瞎貓，他們是值得尊敬的朋友，他們告訴我說，『你想把這些金幣變成一千枚或兩千枚嗎？跟我們走吧，我們帶你去一個叫做奇蹟之地的地方。』我說，『我跟你們走，然後呢？』他們說，『我們在紅蝦客棧休息一下，半夜再上路。』等到我醒來的時候，他們已經不在了，因為他們早就離開客棧了。後來，我在夜裡出發，路上遇到兩個穿著煤炭布袋的壞蛋，他們對我說，『把錢交出來！』我回答說，『我沒有錢。』因為我把

金幣藏在嘴巴裡，其中一個壞蛋試著用手撬開我的嘴巴，我趁機咬斷了他的手，吐出來的是一個貓爪子。後來，壞蛋們一直追著我，我跑啊跑啊的，卻還是被他們抓住了，他們綁住我的脖子，把我吊在樹上，還說，『我們明天還會再過來，然後你就會乖乖地死掉，嘴巴也會張得大大的，這樣我們就能順利把藏在你舌頭下面的金幣拿到手了。』」

「那麼你現在把那四枚金幣藏在哪裡？」仙子問道。

「我弄丟了。」皮諾丘回答，但是他撒了謊，金幣還留在他的口袋裡呢！

「你在哪裡弄丟了？」

「就在樹林附近。」

說完第二個謊言，他的鼻子變得更長了。

「如果你在樹林附近弄丟了，」仙子說道，「我們一起去找出來，因為任何在大樹附近不見的東西都會被找回來的。」

「噢！我想起來了！」木偶腦子一片混亂地回答，「我沒有把四枚金幣弄丟，我不小心在喝藥水的時候，把四枚金幣吞進肚子裡了。」

說完第三個謊話，皮諾丘的鼻子竟長得出奇的長，連轉個身都變得困難了。如果他轉到這個方向，就會讓鼻子打到床或窗台，要是轉到那個方向，就會打到房間牆壁或是打中房門，稍微抬起頭來，也可能戳到仙子的眼睛。

仙子看到他這副模樣，忍不住笑了起來。

皮諾丘的鼻子
竟長得出奇的
長，仙子看到
笑個不停

「你在笑什麼呀？」木偶難為情地問道，這時他的鼻子
已經長得超出眼睛了，心裡開始擔心起來。

「我是在笑你撒了那些謊。」

「你怎麼知道我說謊啊？」

「謊言是很容易聽出來的，我的孩子，撒謊有兩種結
果：一是腳會變短（真話很快就會追上），一是鼻子會變長
（然後瞪著你的臉不放），你就是鼻子會變長的那種。」

皮諾丘這時羞愧得想把自己藏起來，他想溜出門去，可
是他又跑不出去。因為他的鼻子早已長得不能越門逃跑。

第十八章

皮諾丘再度遇見狐狸與瞎貓

　　仙子讓鼻子變長卻出不了門的小木偶又哭又叫地鬧上足足半個鐘頭，為的是給他一個教訓，讓他學會不要養成說謊的壞習慣，因為這是小孩子最糟糕的通病。仙子看到他哭得臉都扭曲了，眼睛也凸了出來，心裡便開始同情他了。她拍拍手，信號一響，窗外立刻飛進一千隻啄木鳥，停在皮諾丘的鼻子上，開始殷勤地啄起他的木鼻子，不出幾分鐘，那隻看來滑稽的鼻子便恢復了正常。

　　「你對我真好，親愛的仙子。」木偶說道，眼淚也停了，「我好愛你！」

　　「我也愛你。」仙子回答，「如果你願意留下來陪我，我就把你當成親愛的小弟弟，我可以當你的大姊姊。」

　　「我也很想留下來……可是，我可憐的爸爸怎麼辦？」

　　「這些我全想過了，你的爸爸已經知道了所有的事情，今晚他就會過來這裡。」

　　「真的嗎？」皮諾丘興奮地跳起來大叫，「如果是這樣的話，親愛的仙子姊姊，你可以讓我去接他嗎？我等不及要好好吻吻親愛的爸爸了，他為我吃了很多苦頭。」

　　「當然沒問題，你去吧！不過千萬別迷路了，沿著那條

穿越樹林的路走過去，你一定能見到他。」

　　皮諾丘出發了，他一進樹林，便開始像小鹿一樣蹦蹦跳跳地跑起來，就在大橡樹前方不遠，他停了下來，因為他聽見樹叢裡有人的聲音。的確，沿著那條路走去，猜猜看，他看見了誰？是狐狸與瞎貓，就是那兩個與他一起在紅蝦客棧吃晚餐的伙伴啊！

　　「這不是我們親愛的皮諾丘嘛！」狐狸大聲地叫了出來，高興得摟住他吻個沒完。「什麼風把你吹來這裡？」

　　「什麼風把你吹來這裡？」瞎貓重複說著。

　　「說來話長。」皮諾丘回答。「以後有時間再跟你們說吧！不過，你們可知道，那天晚上你們把我留在客棧後，我在路上遇到了壞蛋……」

　　「壞蛋？噢！我親愛的朋友，他們對你做了什麼？」

　　「他們想搶我的金幣。」

　　「太卑鄙了！」狐狸說道。

　　「太卑鄙了！」瞎貓重複說道。

　　「但是我一心想要逃走，」木偶繼續說著故事，「他們卻在後頭一直追著我不放，後來我被他們逮住，被吊在大橡樹的樹枝上。」

　　皮諾丘指著大橡樹說道。

　　「你聽過比這個更可怕的事嗎？」狐狸說道，「這個世界是怎麼了？難道我們這些老實人沒有地方可去了嗎？」

　　當他們繼續談論這個話題時，皮諾丘注意到瞎貓失去了

右前腳，看來整隻貓爪都不見了，走起路來也一跛一跛的，於是他問道，「你那隻爪子怎麼了？」

　　瞎貓準備開口說點話，卻又陷入一團混亂，不知該說什麼才好，於是狐狸很快地替他回答，「我的朋友太謙虛了，所以不知道怎麼說話，由我來替他說吧！事情是這樣的：一小時前，我們在路上遇到一匹老狼，他餓得快要昏倒了。他跟我們要點食物吃，可是我們連顆豆子都沒有，你知道我的朋友做了什麼事嗎？他真是個有著菩薩心腸的好人，他用牙齒把前腳咬了下來，送給可憐的老狼，讓他能填飽肚子。」

　　狐狸邊說邊擦著眼角的淚水。

　　皮諾丘聽著聽著，也被這個故事打動，他走過去在瞎貓的耳邊輕聲地說道，「如果全世界的貓都能像你一樣，那麼老鼠有福了！」

　　「你呢？來這裡做什麼？」狐狸問著木偶。

　　「我來這裡等我的爸爸，他隨時會到這裡。」

　　「那麼你的金幣呢？」

　　「我放在口袋裡，一枚金幣付給了紅蟳客棧。」

　　「想想看，明天過後，你就有兩千枚金幣了，不只是這四枚而已。聽我的勸告，把金幣埋在奇蹟之地吧！」

　　「今天不可以，改天再去吧！」

　　「改天就太遲了！」狐狸說道。

　　「為什麼？」

　　「因為奇蹟之地已經被一位大地主買走了，從明天開

始，不准有人把錢埋在那裡。」

「奇蹟之地離這裡有多遠啊？」

「不超過兩哩遠，你想跟我們一起去嗎？半鐘頭就能走到那裡，你可以直接把四枚金幣埋下去，不出幾分鐘，就能挖出兩千枚金幣來，帶著滿滿的荷包回家，怎麼樣？你要跟我們去嗎？」

皮諾丘猶豫了一下，腦海裡想起好心的仙子、老喬，還有會說話的蟋蟀的警告。最後他還是跟沒有腦子、沒有感覺的男孩們一樣做了決定，也就是說，他甩甩頭對狐狸和瞎貓說道，「我們上路吧，我跟你們走。」

於是他們就這樣上路了。

走了半天，他們走到一個名叫傻子國的地方。一進到這個地方，皮諾丘發現整條街都是脫了毛的狗餓得直打哈欠，剪去毛的羊冷得發抖，去了雞冠的公雞沿街乞討玉米，漂亮的蝴蝶把翅膀賣了，飛不動了，少了尾巴的孔雀羞得不敢見人，松雞因為失去閃閃發亮的金銀色羽毛而暗自哀鳴。

在這群可憐的乞丐和黑羊中間，時而有豪華的馬車經過，上面坐著狐狸、一副賊里賊氣的烏鴉，還有禿鷹。

「奇蹟之地大概在什麼地方？」

「就在附近了。」

他們走過城鎮，穿越城牆，最後走到一個荒郊野外，看來跟其他野地沒有什麼不同。

「就是這裡了！」狐狸對木偶說。「現在彎腰下去，用

你的雙手挖出一個小洞，然後把金幣埋進去。」

皮諾丘照著做，他挖了一個洞，把四枚金幣放進去，然後用一些泥土埋起來。

「現在，」狐狸指揮著，「走到那邊的池子，用水桶把水裝滿，然後把水倒在你剛才埋下金幣的地方。」

皮諾丘於是走到池子旁邊，可是他沒有水桶啊！只好脫下一隻鞋子，用來裝滿水，然後澆在洞口上。澆完水後，他問道，「還要做些什麼嗎？」

「沒有別的事了。」狐狸答道。「現在我們可以走了，大概二十分鐘後回來，就會發現地面上已經長出小樹，樹枝上長滿金幣。」

小木偶高興得幾近瘋狂，向狐狸與瞎貓千謝萬謝，並且承諾要給他們一個很棒的禮物。

「我們不要禮物，」這兩個壞蛋回答，「能夠教你怎麼不費力氣的成為有錢人，我們就已經覺得很開心了。」

話一說完，他們就向皮諾丘說再見，並且預祝他能大豐收，兩人就這樣拍拍屁股離開了。

皮諾丘的金幣被搶走了

回到城裡後，皮諾丘開始一分鐘、一分鐘地數著，等到二十分鐘一過，他馬上拔腿衝向奇蹟之地。

他的心臟就像掛在客廳的大鐘一樣，滴答、滴答地的跳得好厲害，一路沒命的邊跑邊對自己說，「假如不止一千枚金幣呢？假如樹上有兩千枚金幣呢？假如不止兩千枚，而是五千枚呢？或者不止五千枚，而是一萬枚！噢，那麼以後我就是個紳士了！我要買座豪華的宮殿，一千匹木馬，一千個馬廄，這樣我就可以痛快的玩耍了！我要在地下室擺滿糖果、蛋塔、蛋糕、奶油杏仁花生糖、和泡芙。」

想著想著，他已經接近奇蹟之地了，他停下腳步看看附近是不是長了一棵掛滿金幣的樹，但是那裡卻什麼也沒有。他又繼續走了一百步，四處還是空蕩蕩的一片野地……他走到埋藏金幣的洞口上面，還是什麼東西都沒有。他在那裡想了好久，用力地抓著他的腦袋瓜。

這時，他的耳邊傳來一陣大笑的聲音，抬頭一看，原來是隻大鸚鵡，站在樹上清理他剩下的幾根羽毛。

「你在笑什麼啊？」皮諾丘沒好氣地問。

「我笑是因為我在清理羽毛的時候搔到了癢處。」

木偶不說話了，他走到池子旁邊，用同一隻鞋子盛水，再度往埋下金幣的地方澆水。

這時又傳來一陣大笑，聽來比上一次更沒有禮貌，笑聲傳遍了寂靜的野地。

「聽著！」皮諾丘氣得大叫，「你這個粗魯的鸚鵡，告訴我，你到底在笑什麼？」

「我在笑有些傻瓜啊！總是傻得相信一些鬼話，成天被這些比他們聰明的人耍得團團轉。」

「你是在說我吧？」

「沒錯，可憐的皮諾丘，我是在說你，你就是傻得相信能把金幣當作豆子或是南瓜一樣，可以埋在地下，然後長出更多金幣啊！以前我也曾經相信過這種蠢話，現在我學乖了。不過一切都太遲了，現在我只相信要賺錢就得腳踏實地，要嘛，靠勞力，要不就靠聰明才智。」

「我不懂你說的話。」木偶說道，他開始心裡發毛。

「別擔心，讓我好好解釋給你聽，」鸚鵡繼續說著。「你知道嗎？當你在城裡時，狐狸和瞎貓跑回來野地，他們把金幣從地下挖了出來，然後一溜煙地跑掉了，如果你想要抓到他們，得想點辦法才行。」

皮諾丘聽得連下巴都要掉下來，簡直不敢相信鸚鵡說的話，開始用兩隻手賣力地往剛剛澆水的地上挖啊挖的，他挖出了一個大得可以放進乾草堆的洞，可是，還是看不到金幣的影子。

滿心絕望的他跑回城裡，一狀告進法庭，向法官說他被那兩個壞蛋騙了錢。法官是隻大猩猩，看來年紀很大、很有威嚴，特別是他生得一臉白鬍子，還戴著沒有鏡片的金框眼鏡，因為眼睛多年來一直發炎好不了，為了外表好看，於是長年戴著這副眼鏡。

　　法官一出現，皮諾丘馬上就說他是多麼無辜，還把強盜的姓名一一念了出來，他要求法官還給他一個公道。

　　法官對他的故事很感興趣，耐心地聽他說著，同時表示同情與難過，等小木偶一說完，他便伸手搖了搖鈴。

　　鈴聲響起，兩名虎犬警察馬上走了過來，身上穿著筆挺的警服。

　　法官這時對警察們宣判皮諾丘的告訴，「這個可憐的小傢伙被搶走了身上的四枚金幣，來啊！把他抓進大牢。」

　　一聽到這個判決，皮諾丘的臉都綠了，他想提出上訴，可是法庭警察要他別浪費時間，硬生生地摀住他的嘴，把他帶進了地牢。

　　皮諾丘就這樣坐了四個月的牢，很長的四個月，本來他還會繼續坐牢下去，不過上天賜給他一個好機會，因為年輕的傻子國國王征服了敵國，下令全國舉行慶祝，放鞭炮，張燈結彩，打開監獄，釋放所有的壞蛋。

　　「其他人都能離開，我也要離開。」皮諾丘對獄卒說。

　　「不，你不行。」獄卒回答，「你跟別人不一樣。」

　　「拜託，」皮諾丘反駁，「我也是壞蛋耶！」

「這倒有幾分道理，」獄卒回答著，禮貌地脫下帽子，向木偶鞠躬，然後敞開監獄大門，讓他出去。

可怕的蟒蛇

想像一下皮諾丘被放出來後有多麼高興！他連一秒鐘也不想浪費，這會兒高高興興地離開那座城，踏上通往仙子小屋的那條路。

因為一直下雨的關係，整條馬路都是爛泥巴，泥巴堆得足足有膝蓋那樣深呢！不過小木偶不介意，他巴不得趕緊見到老爸爸和有著一頭靛藍色頭髮的仙子姐姐，一路像是小獵犬一樣地蹦蹦跳跳著，濺得滿身都是泥巴。他邊走對自己說：「這麼多倒楣事都讓我碰上了……我真是活該！誰叫我這麼固執……總是想做什麼就做什麼，從來不聽那些疼愛我的人的勸告，畢竟他們比我聰明上百倍……從現在開始，我一定要改變自己，做個聽話的乖小孩……不管如何，我已經學到教訓了，那些頑皮搗蛋的小孩到頭來一定要付出代價，得不到什麼好處。我在想，爸爸是不是還在等我回去啊？他會待在仙子家等我嗎？可憐的爸爸，我已經好久沒有見到他了，我好想好好抱抱他，親親他。不知道仙子肯不肯原諒我不聽她的話？她對我總是那麼地好，那麼地照顧我……我還能活命，都是她的功勞……世上還有比我更不知道感激、更沒心沒肺的小孩嗎？」

話一說完，他被眼前的景象嚇得後退四步。

瞧！他看見了什麼？

他看見路中央有條好大好大的蛇擋住去路，渾身的皮是綠色的，眼裡還露出兇惡的火光，尖尖的尾巴不斷地冒煙，看起來跟煙囪一樣。

你們無法想像小木偶有多害怕，他往後退了半哩遠，跌坐在一堆石頭上，等大蟒蛇自己爬開，把這條路讓出來。

他等了一小時、兩小時、三小時，大蟒蛇就是不離開，遠遠地還能看見他那火紅的眼睛，還有尾巴冒出來的煙。

皮諾丘鼓起勇氣，小心翼翼地走近大蟒蛇的身邊，用著溫和、討好、甜美的聲音對大蟒蛇說，「對不起，蟒蛇先生，能不能請你行行好，稍微挪到路邊，只要能讓我過去就可以。」

木偶，似乎在對牆講話，沒有任何動靜。

於是他又用同樣的語氣說，「蟒蛇先生，我想要回家看看我的爸爸，我們已經好久沒有見面了……能不能請你讓我過去呢？」

皮諾丘等著對方回答，可是一點反應也沒有。相反地，大蟒蛇似乎一動也不動，似乎沒有了生命跡象，呈現完全靜止的狀態。他的眼睛是闔上的，尾巴也停止冒煙了。

「假如他真的死了呢？」皮諾丘說著，高興得搓搓手，說時遲那時快，準備一腳跳過去的時候，大蟒蛇卻突然像噴泉一樣豎起來，把小木偶嚇得一屁股跌坐在地上。

· 看到皮諾丘摔得人仰馬翻，兩條
腿還在空中胡亂地踢來踢去，
大蟒蛇忍不住爆笑起來。

這麼一摔，可眞是把他摔慘了，他的頭倒栽在爛泥巴裡，兩條腿還在天空晃來晃去呢！

　　看到皮諾丘摔得人仰馬翻，兩條腿還在空中胡亂地踢來踢去，大蟒蛇忍不住爆笑起來──哈！哈！哈！結果大蟒蛇因爲笑得太厲害，竟連心血管都笑破了，命也就這麼沒了。

　　後來皮諾丘開始拼命地跑，大概天黑之前就可以到達仙子的家了。不過啊！他在路上因爲餓得受不了，準備躍過田野，摘幾把麝香葡萄來塡飽肚子。唉！他要是沒做這件事就好了。

　　他才剛走到葡萄藤旁邊，啪的一聲，木腳就被銳利的鐵器夾住了，這麼一夾，讓他頓時覺得眼前滿天都是星星。

　　原來可憐的皮諾丘踩到了農夫放在那裡用來捕捉白胸貂的陷阱，因爲他們把附近地區鬧得雞犬不寧。

農夫逮到皮諾丘，罰他看守雞舍

這時候，天色也越來越黑了。

一方面因爲這道陷阱咬住了他的腿，一方面是因爲他害怕獨自留在黑暗的野地裡，皮諾丘幾乎就要昏倒了。突然間，他看見頭上有隻螢火蟲飛過去，於是喊住他，「螢火蟲先生，你能不能好心地救我離開這裡？」

「可憐的孩子，」螢火蟲同情地停下來看著他回答著，「你是怎麼被這個尖利的陷阱給夾住的呢？」

「我原本想走到這裡摘幾串麝香葡萄吃，然後……」

「那麼你摘到葡萄了嗎？」

「沒有。」

「誰叫你偷摘別人的東西呢？」

「我實在太餓了嘛。」

「太餓了？我的好孩子，這可不是偷別人東西的好藉口喔……」

「好嘛，好嘛。」皮諾丘哭喊著說，「我下次絕對不敢偷摘了。」

他們的談話被越來越近的腳步聲打斷了。原來是農場主人，他來這裡看看是不是有白胸貂──這個專門在晚上偷吃

雞的壞蛋——落入了他設下的圈套。

農場主人拿出燈來一照，發現眼前捕到的不是白胸貂，而是一個小男孩，這真是讓他嚇了一跳。

「好啊，你這個小偷，」農夫生氣說道，「原來那個專門偷走雞的就是你！」

「不是我！不是我！」皮諾丘一把鼻涕，一把眼淚的說道，「我不過是走到這裡摘幾串葡萄吃而已。」

「只要是偷摘葡萄的人，就會偷雞。你給我走著瞧，我要好好教訓你，叫你牢牢記住。」

農場主人打開陷阱，一手揪住皮諾丘的脖子，一路像拎一頭剛出生的小羊似的把他拎回家。

農場主人走到家門前面，把皮諾丘扔在地上，一腳踩住他的脖子，說道，「現在時候晚了，我要睡覺了。明天再好好跟你算帳，我的看門狗今天死了，你現在正好代替他幫我守門。」

很快地，農場主人在他的脖子上套了一個佈滿銅環的項圈，把他勒得緊緊的，根本不能掙脫，然後再把一條拴在牆上的長鐵鍊牢牢地扣住項圈。

「今晚，」農場主人說道，「如果下雨了，你可以睡在木製狗屋，裡面鋪上了一些我那隻看門狗睡了四年的稻草，如果不幸小偷來了，記得豎起你的耳朵，然後學狗叫。」

吩咐完了以後，農夫就走進了屋內，用大鎖把門拴好，把可憐的皮諾丘留在院子裡，他又冷又餓，心裡慌得只剩下

· 皮諾丘的脖子上被套
上了一個佈滿銅環的
項圈，簡直就像隻看
門狗。

一口氣。跟往常一樣，他邊哭邊用手撥開項圈，那東西把
他的脖子扣得緊緊的，「我真是活該……真是活該！是我自
己懶惰、無所事事，因為交到壞朋友，所以老是遇上倒楣的
事，如果我像其他小孩一樣當個乖寶寶，聽話去上學和工
作，待在家裡陪在老爸爸身邊，我就不會在這座農場裡當看
門狗了。噢！但願我能從頭再來一次……可是現在一切都太
遲了，我只能忍耐……」

　　打從心裡這麼抱怨一番之後，他再也禁不住疲倦，於是
爬進狗屋呼呼大睡。

第二十二章

皮諾丘發現小偷，立下功勞

　　皮諾丘沉睡了兩個鐘頭，快到半夜的時候，他被奇怪的咕噥聲吵醒，聲音似乎是從前院傳來。他把頭從狗屋探出一看，發現四個黑壓壓的小動物聚集在一起，模樣像是小貓，但是他們不是真正的貓，他們是肉食性動物，白胸貂，特別喜歡吃蛋和小雞，其中一隻離開同伴，走到狗屋前面，輕聲地打著招呼，「晚安啊！英波拉。」

　　「我不叫英波拉。」木偶回答。

　　「那麼你是誰？」

　　「我叫皮諾丘。」

　　「你在這兒做什麼？」

　　「當看門狗。」

　　「那麼，原來住在這兒的老狗英波拉呢？」

　　「今天早上死了。」

　　「死了？可憐的東西！他真是一隻好狗！不過，我看你應該也是隻個性溫和的好狗。」

　　「抱歉，我不是狗。」

　　「那麼你是什麼？」

　　「我是木偶。」

「來這兒當看門狗？」

「嗯，沒錯，聽來很不幸，但這是我該受的處罰。」

「好吧，我可以像跟老英波拉一樣跟你打個商量，你肯定會對我們開出的條件感到滿意。」

「什麼條件？」

「我們每個禮拜過來一趟，就像上次拜訪這間雞舍一樣，拿走八隻雞，我們只吃七隻，剩下一隻留給你，當作交換條件。當然囉！你必須假裝睡著，不可以把頭探出來看，也不能汪汪叫吵醒農場主人。」

「英波拉都是這麼做的嗎？」

「當然啊！我們合作得很愉快。你現在安靜的睡覺吧！我們明天離開之前，一定送來毛已拔得光亮的小雞做為你的早餐，這樣明白了嗎？」

「再明白不過了！」皮諾丘邊說邊搖著頭回答，心想，「等著瞧吧！」

四隻白胸貂以為一切已經搞定，信心滿滿地往狗屋附近的雞舍走去。他們用牙齒和爪子把木門撬開，然後一隻接著一隻鑽進去，可是他們還來不及反應，一瞬間木門就大聲地關上了。

把門關上的不是別人，正是皮諾丘，為了以防萬一，他還搬來大石頭，用來抵住大門，免得壞蛋們趁機溜走。

然後，他開始學狗汪汪大叫。農場主人從床上跳起來，抓起配槍，對準窗外，大喊，「發生什麼事？」

「小偷出現了！」皮諾丘回答。

「他們在哪裡？」

「就在雞舍。」

「我馬上過去。」

農場主人像風一樣地跑到外面，速度快極了。他直衝向雞舍，成功地抓到了四隻白胸貂，一口氣綁到袋子裡，然後開心地對他們說道，「你們終於落在我的手裡了吧！我可以好好懲罰你們，但我不願意這麼做。我只想把你們帶到客棧主人那兒去，讓他剝開你們的皮，當作燉野兔肉一樣烹煮，雖然你們根本不配受到這麼尊榮的對待，但是像我這麼仁心宅厚的人倒是願意屈就，為你們做做這些瑣碎的事。」

說完，他轉身摸摸皮諾丘，然後問他，「你是怎麼發現這些白胸貂的詭計的啊？唉，想想死去的老英波拉，我那忠心耿耿的英波拉，卻從來都沒發現過小偷！」

說到這裡，木偶原本想要把真相全說出來，告訴農場主人關於英波拉和四隻白胸貂秘密達成的可恥協議，但是一想到老狗已經死了，「英波拉已經死了，洩漏他的秘密又有什麼意義？就讓他好好安息吧！」

「當白胸貂跑到前院來的時候，你睡著了嗎？」農場主人問皮諾丘。

「我睡著了，」皮諾丘回答，「不過，白胸貂發出聲音把我吵醒了，有隻還跑到狗窩前面說，『如果你答應不像狗一樣狂吠把你的主人吵醒，我們就送你一隻熱騰騰、拔好毛

的小雞……』他們竟然大膽得提出這項建議，畢竟我只是個木偶，而且犯了不少的錯，但我不願意為壞蛋把風，跟他們同流合污！」

「好孩子！」農場主人拍拍他的肩膀，大大稱讚一番。

「現在你自由了，回家去吧！」

說完，他就把狗項圈解開了。

第二十三章

皮諾丘為死去的仙子哀悼

　　那道又重、又可恥的項圈從他脖子上解下來後，皮諾丘覺得如釋重負，馬上逃離農場，一刻也不想停留，直到走上通往仙子家的那條路為止。

　　一走上回家的那條路後，他轉身看看下方的平原，可以清楚地看到以前他不幸遇到狐狸與瞎貓的那片樹林，也可以看到那棵大橡樹，曾把他高高吊在半空中，雖然他可以看到四面八方，但還是無法認出美麗仙子住過的房子。

　　後來，他有了不祥的預感，於是使盡渾身力氣往前跑，不到幾分鐘，他跑到曾經屹立著白色小屋的草地上。可是，白色小屋已經不見了，只剩下一塊大理石做的墓碑，上面用大寫字母刻著令人心痛的字：

這裡躺著的是

有著一頭藍色頭髮的女孩

她因為親愛的弟弟皮諾丘遺棄了她

傷心過度而死

　　皮諾丘盡可能地把上面刻的字唸完，大家想像一下他的心情吧！他的臉垮了下來，眼淚像洪水一樣爆發，整個身子

倒在墓碑上，不停地吻著，就這樣哭了一整晚，直到第二天破曉，雖然淚水已經哭乾，還是想哭，他哀嚎得幾乎心都要碎了，哭聲尖銳刺耳，四周的山谷不斷傳來回音。

他邊哭邊說，「噢！親愛的仙子姊姊，你為什麼要死？為什麼死的不是我，而是你，我是這樣的不聽話，而你心地這麼善良，卻……還有，我的爸爸呢？噢！親愛的仙子姊姊，告訴我哪裡可以找到他，我要跟他在一起，永遠，永遠，永遠不再離開他……噢！親愛的仙子姊姊，告訴我，你不是真的死了！如果你真的愛我……如果你愛你的小弟弟，趕快活過來，就像以前一樣，活過來！難道你忍心扔下我孤伶伶的一個人嗎？難道你不怕那些壞蛋又回來把我吊在樹上嗎？這樣我一定會死的。你放心讓我一人活在世上嗎？現在我失去了你和爸爸，誰給我東西吃呢？今天晚上我要睡在哪裡？誰替我做新的外套？噢！如果我也死了就好了，至少比現在好過一百倍，嗚——嗚——嗚。」

皮諾丘痛苦得想要扯下自己的頭髮，可是他的頭髮是木頭做的，手指頭根本伸不進去。

就在這個時候，有隻大鴿子從皮諾丘頭上飛過，他張著翅膀，停頓在半空中，「快告訴我，小男孩，你在下面做什麼啊？」

「你難道沒看見我在哭嗎？」皮諾丘邊扯著嗓子，邊用外套袖子擦擦眼睛。

「告訴我，」鴿子繼續說道，「你的朋友裡面有沒有一

個叫做皮諾丘的？」

「皮諾丘？你是說皮諾丘？」木偶嘴裡重複著，馬上跳了起來，「我就是皮諾丘。」

聽到這個回答，鴿子馬上從天空飛到地面，他看來比一隻火雞還要巨大。

「這麼說來你認識老喬囉？是不是？」他問木偶。

「我認不認得他？他是我可憐的爸爸啊！是不是他向你提起我的事？你能帶我去見他嗎？對了，他還活著嗎？求求你，告訴我，他是不是還活著？」

「三天前，我離開的時候，曾在海邊看過他。」

「當時他在做什麼？」

「他在為自己做艘小船，準備跨海。這個可憐的老人過去花了四個月的時間在尋找你，可是他到處找不到你的影子，所以打算坐船到更遙遠的新大陸去找。」

「從這裡到海邊有多遠呢？」皮諾丘開始失去了耐心，焦急地問。

「差不多一千哩以上。」

「一千哩？噢，如果我有你身上的翅膀就好了。」

「如果你想去的話，我可以載你去。」

「怎麼載呢？」

「坐到我的背上，呃，你重不重啊？」

「重？才不呢！我像羽毛一樣輕。」

皮諾丘一骨碌跳上鴿子的背，把一條腿放到這邊，另一

條腿放到那邊，就像騎馬一樣，他高興得大喊，「跑啊，跑啊，馬兒，我急著趕路啊。」

幾分鐘不到，鴿子順著氣流直上天際，飛得好高好高，幾乎就要碰到雲朵。飛到這麼高的地方，皮諾丘忍不住好奇地往下看，卻嚇得幾乎要昏過去，只得抓緊坐騎的脖子，免得從空中掉了下去。

他們飛了一整天，眼看天就要黑了，此時鴿子說，「我好餓喔！」

「我也好餓喔！」皮諾丘附和。

「我們先到那邊的鴿子窩休息一下，然後再出發，這樣一來，明天早上就能到海邊了。」

於是他們停在廢棄很久的鴿子窩，那裡只有一口裝滿水的水盆，還有一袋種子。

小木偶這輩子還沒有吃過種子，不過照他飢餓的程度，可能連一袋種子都不夠他吃，那晚他吃完一籃後，便對著鴿子說道，「我真不敢相信這些種子這麼好吃。」

「你現在知道了吧。」鴿子回答，「肚子餓的時候，連種子都能讓人吃的津津有味。飢餓可不是鬧著玩的！」

吃完種子大餐，他們再度出發了。果然在第二天早上到了海岸。

鴿子停到地面，好把木偶放下來，然後馬上張開翅膀飛走了，他不想因為做了好事，而讓小木偶謝個沒完，這會讓他怪不好意思的。

皮諾丘站在峭壁上，不停地喊
著他爸爸的名字，兩手還拿著
手帕和帽子。

海灘上擠滿了人潮，他們望著海大叫著。

　　「到底發生了什麼事？」皮諾丘問老婦人。

　　「事情是這樣的，有個可憐的爸爸把兒子弄丟了，他要坐船過海去遙遠的地方找他，可是今天風浪很大，他坐的那艘小船就要沈了。」

　　「船在哪裡？」

　　「就在我指的那個地方。」老婦人邊說邊指著遠方的小船，那看來就像一顆胡桃般大，裡頭載著瘦瘦小小的老人。

　　皮諾丘往他手裡指的方向望去，仔細一看，不由得大叫，「那是我的爸爸，那是我的爸爸啊！」

　　這時候小船被暴怒的浪花拍打著捲起，一會兒在洶湧的海浪中消失不見，一會兒又浮出水面。皮諾丘站在峭壁上，不停地喊著他爸爸的名字，兩手還拿著手帕和頭上的帽子，用力揮舞作為信號。

　　老喬雖然離海岸很遠，但他似乎認出小木偶來了，他也高高舉著帽子，不斷地揮來揮去，而且打出手勢準備把船開回岸邊，可是海浪實在太大了，他根本無法划回靠岸。

　　這時一陣大浪突然打過去，小船也消失了。岸上的人們全都等待小船從另一頭浮現，可是這次小船再也沒回來。

　　「可憐的人。」有個漁夫說道。擠在海岸上的人一同低聲祈禱，然後準備轉身各自回家。

　　這時候，身後傳來一記絕望的大喊，他們回過頭去，發現是小男孩從峭壁上跳進了海裡，嘴裡還大叫著「我要救我

爸爸！」

　　因為皮諾丘是用木頭做成的，很快的就從海水中浮了上來，像魚一樣輕鬆地在水裡游泳。他們眼看木偶在海裡一會兒露出手臂，一會兒露出腿的，整個人離海邊越來越遠，最後完全地消失了。

　　「可憐的孩子。」這名漁夫再度說著，聚集在岸邊的人們低聲禱告完之後，就各自回家去了。

第二十四章

皮諾丘游到忙蜂島，遇見仙子

皮諾丘急得想要趕快找到老爸爸，在大海中游了一整晚。那個晚上真是恐怖！大雨如洪水一樣流洩個不停，雷聲轟隆轟隆地響著，空中更是打起閃電，照遍了整個大地，讓黑夜就像白天一樣光亮。

等到天快要亮了，他看見不遠的地方有座小島，像條緞帶般地屹立在海面中央。

於是他使盡力氣想要游到那座小島的岸邊，可是浪花不停地拍打著，他就像稻草或樹枝一樣地被搖來搖去。最後，幸好一道大浪捲來，把他整個人重重地摔在沙灘上。

海浪摔得他肋骨和關節發出喀喀響聲，不過他倒是安慰自己說，「幸好逃過一劫。」

這時候，天空慢慢變得晴朗了，太陽也露出臉來，照耀整個大地，大海也變得風平浪靜。

小木偶趁機攤開他的衣服，好讓太陽曬乾，然後開始向四處張望，看看海面上是不是有個瘦小的人划著船。但是他看了又看，就是沒有人影，只有一片寬廣的天空、大海，以及一些帆船，由於距離很遠，那些船看來就跟蒼蠅一樣大。

「真想知道這座小島的名字！」他自言自語說著。「真

想知道這座小島是不是住著一群好人，我的意思是指至少他們沒有把小男孩吊在樹上的習慣！可是，我能問誰呢？這裡連一個人都沒有。」

皮諾丘想到自己孤伶伶地待在這個沒有人住的孤島，心裡難過了起來，忍不住放聲大哭，這時候，他突然看見有條大魚游向岸邊，靜靜地游著游著，從水面探出頭來。

皮諾丘不知道大魚叫什麼名字，於是大聲地叫著，好讓大魚聽見，「嘿，大魚先生，我能不能跟你說一句話啊？」

「兩句也可以，如果你想說的話。」大魚回答，原來是條海豚，能在大海裡找到這麼有禮貌的生物倒是稀有。

「你能不能好心地告訴我，這座島上哪裡有村子，可以讓我找到一點食物？不過千萬別讓我被食人族吃掉喔！」

「我知道。」海豚回答。「你只要從這兒走去不遠，就會發現村子。」

「我要走哪條路過去呢？」

「你從左手邊的那條小路直直走去，絕對沒錯。」

「你可以告訴我另外一件事嗎？像你成天成夜的在海裡游來游去，有沒有看見一艘上面載著我爸爸的小船啊？」

「你爸爸是誰？」

「他是世上最好的爸爸了，而我大概是你見過最糟糕的小孩。」

「昨晚起了一場大風暴，小船大概已經沉沒了。」海豚回答。

「那麼我爸爸人呢？」

「他大概已經被可怕的大鯊魚吃掉了，鯊魚在我們這座海裡已經待了好幾年，只要有他在的地方，到處散佈著死亡和毀滅。」

「這條鯊魚很大嗎？」皮諾丘問，他已經嚇得發抖了。

「大？我說啊！」海豚回答，「讓你有個概念吧！我敢說，他有五層樓這麼大，一口又醜、又寬的嘴巴，可以把一列火車吃掉，而且還綽綽有餘呢！」

「我的天啊！」木偶嚇得大叫，連忙穿上衣服，轉身向海豚說，「再見，大魚先生，很抱歉打擾你，非常謝謝你好心地告訴我這些事情。」

說完，他馬上衝向那條巷子，走得飛快，腳步快得跟跑步沒有什麼不同。一路上只要聽到一點風吹草動，他就會轉身往後看看，因為他害怕那條大得有五層樓高，可以一口吞掉火車的鯊魚盯上他。

走了半個鐘頭以後，他來到了一座「忙蜂城」，街上的人都在趕路，忙著找事做，就像蜂房一樣熱鬧繁忙。每個人都在工作，每個人都有事可做，你可以四處打探，絕對找不到一個懶骨頭或是遊手好閒的人。

「我知道，」懶惰的皮諾丘馬上說了，「這座村子不適合我，我生來就不是要工作的。」

這時候皮諾丘可餓壞了，他整整一天沒有吃過半點東西，連一碟種子也沒有吃到。

該怎麼辦呢？

只有兩個辦法，一是去找點差事做，一是當乞丐伸手要錢和麵包。

他羞於當乞丐讓人施捨，因為他的爸爸曾經告訴過他，只有老人和殘廢才能當乞丐，這些可憐的人因為年老或生病的原因，沒有能力靠他們自己的雙手過活。其他的人都應該靠工作養活自己，如果不工作的話，餓肚子可是自找的。

就在這個時候，街上出現了一名流著大汗的人，氣喘吁吁地拉著滿載著煤炭的貨車，看起來簡直要累垮了。

皮諾丘看他一臉和氣，於是走近他，不好意思地低聲說道，「能不能請你賞我一分錢？我快要餓死了。」

「不只一分錢，」煤炭工人說道，「我可以給你兩分錢，只要你幫我把兩車煤炭運回家就行。」

「甚麼話？」木偶沒好氣的回答。「你聽好，我可不是專門運貨的動物，我不幫人拉車！」

「你真好命！」煤炭工人說道，「不過，孩子啊！在你餓死之前，最好先把你的驕傲切下兩片吃掉，但是可別消化不良啊！」

幾分鐘過後，一名水泥工人扛了一袋石灰走來。

「先生，大發慈悲，賞點錢給快要餓死的小男孩吧！」

「可以，扛著石灰跟我走，」水泥工人回答，「我能再多給你五分錢。」

「可是石灰太重了，」皮諾丘回答，「我不想做這個粗

重的工作。」

「好吧，如果你不想工作，那麼隨你餓得高興吧！」

半個鐘頭不到，已經有二十個人經過，皮諾丘一一地向他們乞討，但是他們全都回答，「你難道不覺得丟臉嗎？與其在街頭胡混，不如找個工作，學會怎麼養活自己吧！」

最後，有個好心的婦人走過來，手上提著兩桶水。

「這位女士，可不可以讓我喝口水？」皮諾丘說道，他的喉嚨已經乾得快要冒火。

「喝吧！孩子。」婦人邊說邊把兩桶水放到地上。

皮諾丘就像海綿一樣，痛快地喝著水，然後擦擦嘴，低聲說到，「現在我不渴了，如果能填飽肚子就更好了。」

好心的婦人聽到這兒，說道，「如果你幫我把這兩桶水提回家，我就請你吃塊麵包。」

皮諾丘看著水桶，既不答應，也沒反對。

「除了麵包，我還能給你一碟花椰菜沙拉。」好心的婦人說道。

皮諾丘看著水桶，還是沒說好或不好。

「除了花椰菜沙拉，我還會給你好吃的糖果。」好心的婦人補充說道。

皮諾丘終於禁不起這些美食的誘惑，鼓起勇氣提起水桶說道，「好吧！我幫你提水回家。」

由於水桶實在太重，小木偶的雙手根本提不動，他決定把水桶頂在頭上。

終於走到家了，好心的小婦人讓皮諾丘坐在茶几前，然後爲他遞上麵包、花椰菜沙拉，還有糖果。

　　皮諾丘這會兒不是用吃的，而是大口大口地狼吞虎嚥起來。他的胃像是一個鬧了五個月空城計的空蕩蕩房子。

　　慢慢地覺得飽了，皮諾丘這才抬起頭來，準備向他的救命恩人說謝謝，可是這麼一看，他簡直不敢相信自己的眼睛，吃驚得嗯嗯啊啊的，然後楞楞地坐在那裡，眼睛張得大大的，叉子還停在半空中，嘴巴還塞滿了麵包與沙拉呢！

　　「爲什麼這麼驚訝呢？」好心的婦人笑盈盈的問皮諾丘。

　　「因爲……」皮諾丘結結巴巴地回答，「因爲……因爲……呃……你長得很像……你讓我想起……呃，沒錯，沒錯，一樣的聲音、一樣的眼睛，一樣的頭髮，對！對！對！你也有靛藍色的頭髮，就像她一樣！噢，我親愛的仙子姊姊！噢，我親愛的仙子姊姊！告訴我是你，眞的是你！不要讓我再難過了！你知道嗎？那時候我哭得有多麼的慘，多麼的傷心！」

　　皮諾丘說著說著，開始淚汪汪地哭了起來，整個人就這麼哭倒在地上，緊緊地抱著神秘仙子的腿不肯鬆手。

皮諾丘乖乖聽話上學

起初，好心的婦人想要否認他就是那個有著一頭藍色頭髮的仙子，但是知道自己已經被小木偶認了出來，這戲也演不下去了。最後不得不承認，然後向皮諾丘說道，「你這個小壞蛋，你是怎麼認出我來的呢？」

「因為我實在太愛你了，我能感覺到你，是我的心告訴我的。」

「你還記得我的，是不是？當時你離開我的時候，我還是個小女孩，現在你找到的我，已經是個女人，年紀大得幾乎可以當你的媽媽了。」

「這樣很好，不叫你姊姊，我可以叫你媽媽，我一直渴望有個媽媽，但是，你怎麼長得這麼快呢？」

「這是個秘密。」

「告訴我嘛！我也希望可以長大，你瞧！我一直像個小蟋蟀一樣，停留在膝蓋左右的高度，老是長不大。」

「你是長不大的。」仙子說道。

「為什麼長不大？」

「因為木偶不會再長大了，他們生來是個木偶，死了還是個木偶。」

「噢！我不想老是當個木偶。」皮諾丘一邊抗議，一邊用手拍拍腦袋瓜，「我想要變成一個活生生的人。」

「只要你好好學習，就可能變成真人。」

「真的嗎？那麼我該怎麼做才好？」

「這個很簡單，只要你學著當個乖孩子。」

「你是說我現在不是個乖孩子囉？」

「你什麼都好，就是不跟其他孩子一樣乖乖聽話。」

「我從來都不肯聽話。」

「好孩子都願意專心唸書、做事，可是你……」

「可是我是個懶惰蟲，一天到晚遊手好閒。」

「好孩子總是說實話。」

「而我總是撒謊。」

「好孩子喜歡上學。」

「而我總是不喜歡學校，但是我現在要改變自己了。」

「你是認真的嗎？」

「是的，我是認真的，我要當個乖孩子，我要讓爸爸為我感到驕傲和高興……但是，爸爸現在在哪裡呢？」

「我不知道。」

「我還能再看到他，抱抱他嗎？」

「我想應該可以，我相信你一定會再見到他的。」

皮諾丘一聽到這個答案，高興得握住仙子的手，熱情地吻了又吻，然後抬起頭來望著仙子的臉，開口問道，「親愛的媽媽，告訴我，那時你是不是真的死了？」

「看來並不是……」仙子笑著回答。

「你不知道那時我有多麼難過，當我讀到『這裡躺著的是……』我哭得快要窒息了。」

「我曉得：所以我才原諒了你，因為你真的哭得很傷心，我才知道你有顆好心腸，一個孩子不管多調皮搗蛋、任性不講理，只要他的心地善良，就有希望重新做人。這就是我為什麼到這裡來找你的原因啊！我可以當你的媽媽。」

「噢！真好！」皮諾丘興奮得跳起來大喊。

「你一定要好好聽我的話。」

「當然，當然，當然。」

「從明天開始，」仙子補充說道，「你得上學去。」

皮諾丘開始顯得不太高興。

「然後你得選個喜歡的技術。」

皮諾丘臉都綠了。

「你在嘟噥什麼？」仙子生氣地問。

「我是說……」小木偶低聲地咕嚕個沒完，「現在送我上學會不會太晚了？」

「不會的，孩子，你得記住一件事，那就是不管學什麼，永遠都不嫌晚。」

「但是我不想學點技術什麼的。」

「為什麼？」

「因為工作對我來說，實在有點無聊。」

「親愛的孩子，」仙子開口說道，記住我的話，不論有

錢人或是窮人，每個人都得找些工作來做。如果你讓懶散控制了你的心智，肯定是要遭殃的。懶散是個可怕的病，在小時候就要治好，否則等到長大之後，一輩子也好不了。」

　　這番話重重地說進了皮諾丘的心坎裡，他抬起頭對仙子說道，「我想要唸書，我想要工作，我會照你的話去做，因為，我討厭當木偶的生活，我想要成為真正的人，不管做什麼都行，你說過我可以的，對不對？」

　　「對，我說過，但是這一切都要靠你自己才可以啊。」

嚇人的鯊魚

第二天，皮諾丘到當地學校上學去了。

學校裡那些調皮搗蛋的孩子看見教室裡多了一個木偶同學，紛紛笑個不停。有些人對他惡作劇，尋他開心，偷走他的帽子，從後面扯住他的外套，用墨汁在他鼻子下面畫上兩道鬍子，有的還拿起繩子綁住他的手腳，然後讓他跳舞。

原本皮諾丘表現得無所謂，默默地容忍下來。但是，最後他實在忍不住了，轉身冷靜地向那些對他最過份的搗蛋鬼說，「聽著！我到這兒來可不是給你們當小丑玩弄的，我尊重你們，請你們也尊重我。」

「好啊！小惡魔，你說起話來倒像個書呆子啊！」那些搗蛋鬼開始大呼小叫起來，其中最傲慢的傢伙還伸出手來，一把捏住小木偶的鼻子呢！

不過，他沒算準時間，皮諾丘早就搶先從書桌下伸出腿來，狠狠地踢了他一腳。

「唉唷！好硬的腳喔！」小男孩痛得大叫，趕緊揉著小木偶一踢留下的淤青。

「好硬的手肘喔！看來甚至比他的腳還要硬！」有個男孩說著，因為他玩笑開得太過火，肚子也挨了一下。

經過這麼又踢又打的事件後，皮諾丘馬上贏得了全校同學的讚賞和友誼，他們全都對他愛戴得不得了。

　　連老師也很喜歡他，因為他上課認真、好學又聰明，總是最早上學，最晚放學。

　　唯一的缺點就是他的周圍總是圍繞著太多朋友，其中幾個偏偏又是不愛上學、名聲壞透的小混混。

　　老師每天叮嚀著皮諾丘，好心的仙子也重複地告訴他，「小心一點喔，皮諾丘，這些糟糕的同學遲早會讓你失去對唸書的熱忱，搞不好啊，他們還會讓你惹上不少麻煩！」

　　「不會啦，」小木偶聳聳肩膀回答，還用著食指壓壓手肘中央，好像是說，「我對這個可是靈光的很！」

　　可是有一天出事了。他在上學途中遇見了一票遊手好閒的朋友，他們問他，「你聽見那個天大的消息了嗎？」

　　「沒有。」

　　「這兒附近的海邊，有條像座山一樣大的鯊魚。」

　　「真的嗎？我猜這條鯊魚可能跟大家在我爸爸溺水那晚看見的是同一條鯊魚。」

　　「我們正要去海邊瞧瞧，你要一起來嗎？」

　　「不了，我不想去，我要去學校唸書。」

　　「去學校有什麼大不了的？我們明天才要去學校，多一堂課或少一堂課對我們這些笨蛋來說根本沒有什麼差別。」

　　「可是，老師會說話的。」

　　「老師？讓他說吧！他就是領薪水來成天嘮叨的。」

「可是，我媽媽呢？」

「當媽媽的不會知道所有的事。」這些壞蛋回答。

「你知道我的打算嗎？」皮諾丘說道，「我會為了自己的緣故去看鯊魚的⋯⋯不過，得等到放學以後。」

「你真是蠢啊！」有個小混混回應。「你以為一條大魚會為了你而停留嗎？等到他覺得厭煩了，說不定馬上轉身游走了，就這麼簡單！」

「從這裡到海邊要花多久時間？」小木偶問道。

「來回需要一個小時。」

「那就出發吧！看誰跑第一！」皮諾丘喊著。

這句話一冒出來，一群搗蛋鬼全帶著課本和作業簿，開始衝向海邊。皮諾丘跑得像是腳上長了翅膀一樣，一路跑到最前頭去了。

偶爾他還回頭嘲笑那些落後的朋友，看見他們跑得滿身灰塵，氣喘吁吁的樣子，舌頭吐得好長，他笑得更開心了。這個小壞蛋還不知道未來有多麼可怕的危險在等著他呢！

第二十七章

皮諾丘被警察伯伯逮捕

皮諾丘到達海邊後，馬上掃視了海面，但是怎麼看就是看不到鯊魚，這座海洋平靜光滑的就像一面大鏡子。

「鯊魚呢？」他轉身問同伴。

「大概是去吃早餐了。」其中一人大笑著回答。

「搞不好他打瞌睡去了。」另外一人接著說，這回笑得更大聲了。

聽到這些人隨便回答，而且笑得像群笨蛋似的，皮諾丘才恍然大悟，原來是場惡作劇，他上當了。皮諾丘氣呼呼地問，「你們用鯊魚的故事把我騙來是什麼意思？」

「你不覺得很有趣嗎？」這些搗蛋鬼說著。

「給我一個解釋。」

「我們只是不想讓你到學校去，要你跟我們在一起玩啊！每天乖乖地用功讀書，難道不會感到不好意思嗎？」

「我用功唸書又跟你們有什麼關係呢？」

「當然有關係，因為有你在，讓我們幾個在老師眼裡總是個蠢蛋。」

「這又怎麼說呢？」

「因為用功的學生跟我們一比，我們看起來就像是不知

上進的學生，這可不行，怎麼說我們也是有自尊心的啊！」

「那麼你們要我怎麼做才會滿意啊？」

「你得討厭學校、課本、還有老師——我們三個最大的敵人。」

「假如我不肯呢？」

「那就沒什麼好談的了，不過你得先付出代價。」

「我才不吃你們這一套。」木偶邊說邊搖頭。

「好啊，皮諾丘，」個頭最大的孩子上前找他理論。「你有什麼了不起，膽敢在這裡說大話，你不怕我們，難道我們怕你不成？你只有一個人，而我們有七個人！」

「七個？你是指七罪嗎？」皮諾丘笑著說道。

「你們聽到了沒有？他竟然污辱我們，說我們是七罪！」

「皮諾丘，快點說對不起，否則我們就要你好看！」

「喀喀！」小木偶張開十個手指頭貼在鼻子旁，像是在嘲笑他們一樣。

「皮諾丘，你會倒大楣的。」

「喀喀！」

「你給我們走著瞧，混小子！」

「喀喀！」

「我們要把你打得鼻子落地。」

「喀喀！」

「喀喀什麼啊！」脾氣最不好的那個男孩叫著，「你得先過我這一關，就當做是送你的晚餐吧！」

說著，他就朝皮諾丘的頭揮出一拳。

　　不過，皮諾丘也不甘示弱，馬上回敬一拳，很快地所有男孩都加入了戰局，準備跟皮諾丘好好打上一架。

　　儘管皮諾丘只有一個人，他還是勇敢地全力對抗，用硬梆梆的木腳狠狠地把他們踢得老遠，嚇得他們不敢再靠近一步；只要被木腳踢中的地方，一定留下淤青，作為教訓。

　　這群小男孩根本沒有辦法打到小木偶，於是乾脆解開手中的課本，拿來當作砸他的武器。不過啊，皮諾丘反應很快，總是能順利逃過，那些不時飛來的書全從他的頭上飛過去，最後落入大海了。

　　你能想像嗎？海裡的魚竟然以為從天而降的書是食物，全部衝到海面上來啃書，但是啃了幾頁封面之後，他們全吐了出來，並且用嘴巴扮了鬼臉，好像是說，「這東西太難吃了，不合我們的胃口，我們習慣吃點好吃的！」

　　這場你來我往的打鬥越來越激烈，突然有隻大螃蟹浮出了水面，慢慢地爬上海灘，生氣地大喊，「快住手！你們這群小混混，互動拳腳沒有好下場，向來是兩敗俱傷啊！」

　　可憐的螃蟹！他應該省省力氣的。皮諾丘轉身對他生氣地大吼，「閉嘴！討厭的老螃蟹，你最好去喝兩口糖漿治好沙啞的喉嚨，要不就滾回家休息……」

　　這時小男孩們已經把手裡的書全丟光了，他們看見皮諾丘的書就在不遠處，不一會兒就乾脆把整捆書給搶了過來。

　　裡面有本厚厚的數學概論，書背與書角是用羊皮紙做成

的，想想看這本書有多麼重！

有個小男孩握著那本書瞄準皮諾丘的頭，使盡渾身的力氣丟出去，不料沒有砸中小木偶，反而砸中了另一個小男孩的頭，他的臉瞬間蒼白得像張紙，嘴裡只吐出這些話「噢，親愛的各位，救我，我快要死了！」

說完，他就像大字形一樣地栽倒在海灘上。

看見那個同學倒臥在海灘上，小男孩們全嚇壞了，立刻拔腿就跑，一時之間跑得無影無蹤，一個人都沒有。

最後只剩下皮諾丘一個人留在那裡，雖然他又難過又害怕，卻還是拿著手帕用海水沾濕，一邊幫倒在海灘上的同學擦著額頭，一邊哭得好大聲，嘴裡叫著男孩的名字：「尤金！可憐的尤金！快張開你的眼睛看看我啊！你為什麼不回答？不是我，不是我把你打得這麼重的！相信我，那不是我做的好事！快睜開你的眼睛啊，尤金！假如你一直閤著眼，你會害死我的。噢！老天爺！我現在能回家嗎？我怎麼能離開好心的媽媽？我該怎麼辦？我該去哪裡才好？我能躲在哪裡？噢！如果我聽話去上學就好了！我為什麼要聽這些損友的話？老師早就警告我了！媽媽也一再地告訴我，『離那些壞朋友遠點！』但是我就是這麼固執，這麼自以為是，我就是不聽他們的話，然後總是想做什麼就做什麼！到頭來，我就要付出代價，所以，一輩子都沒有好日子過，噢！老天爺啊！我會變成什麼樣子？我到底會變成什麼樣子？我究竟會變成什麼樣子啊？」

皮諾丘不斷地哭喊著，呼喚尤金的名字，突然間，他聽見沈重的腳步聲朝他走過來。

　　抬頭一看，是兩名警察。

　　「喂，你在地上做什麼？」他們問皮諾丘。

　　「我在這裡照顧我的同學。」

　　「他生病了嗎？」

　　「好像是。」

　　「我來瞧瞧，」其中一個警察說道，他彎腰仔細看看尤金。「這個小男孩受傷了，是誰把他打傷的？」

　　「不是我！」小木偶連忙結結巴巴地否認說道，倒抽了一口氣。

　　「不是你，那會是誰打傷了他？」

　　「不是我！」皮諾丘再次說道。

　　「那是用什麼打的？」

　　「是用這本書打中的。」皮諾丘舉起那本用羊皮紙裹住的數學概論說道，然後把書交給警察。

　　「這本書是誰的？」

　　「是我的。」

　　「這就夠了！你已經告訴我一切真相了。站起來！跟我們回去！」

　　「可是我……」

　　「跟我們走！」

　　「可是我是清白的。」

「別囉唆！跟我們走！」

就在離開之前，警察先生們傳喚了幾名漁夫，當時他們正好在距離海邊不遠的地方航行，吩咐說道，「我們把這個頭部受傷的小男孩交給你們，把他帶回家照顧，明天我們會過來看他。」

話一說完，他們就用軍人的語氣命令被夾在中間的皮諾丘，「前進！快速踏步行進！否則有你受的！」

皮諾丘不等警察先生再次開口，就在通往村子的那條路走了起來。一想到就這樣被兩名警察當成犯人夾著回去，路上還要經過仙子家門口，就恨不得死了或許好過些。

就在他們差不多進入村子的時候，一陣風把皮諾丘頭上的帽子捲走了，落在十步左右以外的地方。

皮諾丘對警察說道，「能讓我去撿回帽子嗎？」

「去吧！馬上回來！」

小木偶走過去撿起帽子，但不是戴在頭上，而是一口咬著，然後像風也似的衝向海邊。

警察眼看根本追不上小木偶，只得放出一隻曾經贏得賽跑冠軍的獒犬去追拿逃犯。皮諾丘跑啊跑啊，沒想到獒犬比他跑得更快。村裡所有人趕緊搖下窗戶，甚至跑到街上聚集起來，等不及要看看是誰贏了這場激烈的比賽。不過，他們並沒有如願以償，因為皮諾丘和獒犬跑得太快，一路上掀起了滿天飛舞的灰塵，不到幾分鐘的時間，大家就已經看不見他們的影子了。

皮諾丘差點成為鍋中魚

這場瘋狂的賽跑裡，皮諾丘一度以為自己就要輸了。你可知道，墨丘力（這隻獒犬的名字）一路上追得很緊，幾乎差點就要追到他了。

小木偶可以聽見後面那頭凶巴巴的獵犬踩著沈重的步伐，甚至可以感覺他呼吸之間喘著熱氣。

幸好這時已經跑到海灘，只差幾步遠就是海邊了。

皮諾丘一踏上海邊，就像青蛙一樣噗通跳進水裡，游離海岸。墨丘力正好相反，因為跑得太快而來不及停下腳步，無法克制飛奔的衝力，最後也跟小木偶一樣衝進海裡。但是可憐的墨丘力不會游泳，只好用爪子不斷地拍打水面，愚蠢地想要讓自己漂浮起來，只不過他越是拍打得厲害，身體就越往下沈。

當他一度成功地讓頭脫離水面的時候，他的眼神露出無限的驚恐，看來直勾勾地，然後失去控制地汪汪大叫，「我快淹死了！我快淹死了！」

「去死吧！」游得老遠的皮諾丘發現自己已脫離危險。

「救救我，親愛的皮諾丘！救我！」

聽到這麼辛酸的哭喊哀求，心地善良的皮諾丘抱著同情

心游了過去，轉身告訴墨丘力，「如果我救了你，你能答應我不再找我麻煩，不再追我嗎？」

「我答應你，我答應你！快點，求求你大發慈悲，如果你再慢個半分鐘，我就真的要淹死了！」

皮諾丘猶豫了一下，然後想起爸爸曾經告訴他，不要放棄任何做善事的機會，於是他游向墨丘力，用雙手拉住他的尾巴，把他拖到沙灘上比較乾燥的地方。

這隻可憐的狗根本沒有力氣站起來，他一時喝了太多海水，肚子鼓鼓得像顆氣球。不過，皮諾丘可不想輕易地相信他，想想自己游回海裡可能比較安全，他在游離海邊的時候，對剛剛被救上岸的朋友大叫，「再見了，墨丘力，祝你一路順風，替我問候村子裡的人。」

「再見，皮諾丘，」獒犬回答，「非常謝謝你救了我一命，你幫了我一個大忙，好心會有好報，以後需要我的時候，我會信守諾言伸手幫忙的。」

皮諾丘繼續沿著海岸游，終於游到一個安全的地方。他朝岸邊望去，可以看到一個不時冒著煙的石洞。

「這個石洞裡肯定有火，」小木偶自言自語說道，「再好不過了！我可以在這裡把身體烘乾，然後……其他的就等到以後再說吧！」

就這麼決定之後，小木偶游到石洞附近，不過，正當他要上岸的時候，水裡有個東西升起，升啊，升啊，他就這樣一路被托到空中，想要逃跑卻已來不及了。原來他被一張大

大的漁網給網住了，裡面擠滿大小不一、各式各樣的魚，他們全都瘋狂地扭來扭去，連皮諾丘自己都看得一愣一愣的。

這時，石洞裡出現了一個模樣醜陋的漁夫，看來像是個海怪。他的頭上長的不是頭髮，而是一叢長滿綠色葉子的小樹，皮膚是綠色的，眼睛是綠色的，就連拖到地板的長鬍子也是綠色的，像極了一隻只用後腿站立的綠色大蜥蜴。

渾身是綠色的漁夫把網子拉出海面，高興地大喊，「感謝老天爺賜我一頓美味的鮮魚大餐。」

「幸好我不是魚。」皮諾丘低聲地說著，顯然沒有像剛才那麼害怕了。

漁夫把魚拖到石洞裡去，裡面冒著濃濃的煙，中央擺著一只大鍋，鍋裡的熱油發出一股味道，嗆鼻得讓人受不了。

「現在可以看看抓到哪些魚了，」綠色的漁夫一邊說著，一邊伸出像鍋鏟一樣的手，一把撈出網裡的魚。

「這些秋刀魚的味道應該很棒，」漁夫看著手裡的魚，興奮地說道，然後一手把魚丟進鍋裡。

於是，漁夫就這樣一而再、再而三地把魚扔進鍋裡，嘴裡還忍不住留著口水說道，「這些鱈魚應該很好吃！這些沙丁魚保證也很美味！這些螃蟹一定鮮美！鰻魚也棒透了！」

你們想也知道，這些鱈魚、沙丁魚、螃蟹和鰻魚將被丟下油鍋，最後網子裡只剩下皮諾丘了。

漁夫把他撈起來，一對綠眼頓時瞪得大大的，驚訝得大叫，「這到底是什麼魚啊？我這輩子還沒吃過這種魚！」

於是漁夫努力地看啊看的，最後說道，「我知道了，這個應該是螃蟹。」

　　一聽漁夫把自己當成螃蟹，皮諾丘心裡很不高興，馬上為自己說話，「你為什麼把我當成螃蟹？這是對待客人的方式嗎？告訴你，我是木偶！」

　　「木偶？」漁夫說，「坦白說，我第一次聽到世上有木偶魚，那更好啊！可以把你吃掉是我的榮幸。」

　　「吃掉？你看清楚啊！我不是魚，難道你看不出來我跟你一樣會說話，會用腦嗎？」

　　「你說得沒錯！」漁夫回答，「想來你這條魚跟我一樣會說話，會用腦，應該特別對待才對。」

　　「怎麼特別對待呢？」

　　「你就自己決定怎麼被我煮來吃吧！下油鍋？還是泡在蕃茄醬裡燉熟？」

　　「老實告訴你吧！」皮諾丘回答，「要是你讓我自己決定的話，我希望你還給我自由，讓我回家。」

　　「開什麼玩笑！你認為我會放過大好機會嗎？木偶魚可不是天天都能捕得到的，乾脆由我來決定，你就和其他魚混在一起下鍋炒熟吧，包你滿意，要死就跟大家一起作伴，這樣也比較放心。」

　　可憐的皮諾丘聽到漁夫的話，馬上哭叫起來，不停地求饒。「如果我乖乖上學就好了，因為聽了壞朋友的話，結果才會這麼慘！嗚嗚嗚。」漁夫看他全身像條鰻魚一樣扭來扭

去想要逃走，只好拿出一條蘆葦，像是捆香腸一樣捆住他的手腳，準備把他一起丟進鍋裡。接著漁夫拿起一個裝著麵粉的木罐子，把所有的魚放進去，讓魚身沾滿麵粉之後，再把他們全部丟進熱得發燙的油鍋裡。

　　首先放進油鍋裡跳舞的是可憐的鱈魚，接著是螃蟹、沙丁魚、鰈魚、鯷魚，最後輪到皮諾丘，他看到自己就要慘死在油鍋裡，渾身發抖得連一句哀求的話都說不出來了。

　　可憐的皮諾丘只好用眼神哀求著，但漁夫卻怎麼都不瞧他一眼，只管把他丟進麵粉堆裡滾來滾去，將他全身裹住一層麵粉，像是幫他打上了一層石膏似的，最後，綠色漁夫一把拎起他的腦袋，準備要把他……

第二十九章

仙子給的願望

正當漁夫要把皮諾丘一把丟進油鍋的時候，一隻大狗跑進了山洞裡，原來是被濃濃的魚香吸引了過來。

「滾開！」漁夫氣沖沖地對大狗喊著，手裡還拎著渾身沾滿麵粉的小木偶呢！

但是這隻大狗已經四天沒有吃飯了，肚子實在餓得難受，只好不斷地搖著尾巴乞求漁夫，好像是說，「如果你可以賞一口香噴噴的魚給我，我就不找你的麻煩。」

「走開，聽見了沒有？」漁夫抬起腳準備踹他。

可是這隻大狗一點都不想讓步，因為他實在是餓壞了，逼得他只好對漁夫露出咬牙切齒的模樣，汪汪大叫。

就在這個時候，有道微弱的聲音從山洞裡傳來，「墨丘力，救救我啊！你再不救我，我就要被煮成湯了！」

大狗馬上認出是皮諾丘的聲音，看到漁夫手裡那團麵糊糊的東西發出喊救，真是讓他嚇了一大跳。

這下子該怎麼辦才好？他只好跳起來，用嘴巴從漁夫手裡一口搶下麵團似的皮諾丘，然後輕輕地咬住他，像閃電一樣地跑出山洞，消失得無影無蹤。

漁夫眼看最想要吃的魚被大狗搶走，氣得立刻追上去，

可是只跑了幾步，就因為咳得厲害，只得打消了念頭。

墨丘力跑到村子裡，就把皮諾丘輕輕地放在地上。

「我該怎麼謝謝你呢？」皮諾丘說道。

「甭謝了，」墨丘力說道，「因為你也救過我一命，好心會有好報，我們應該互相幫助啊！」

「你剛剛為什麼跑到山洞裡去？」

「我原本躺在沙灘上，眼看就快要死了，後來吹來一陣炒魚的香味，讓我胃口大開，於是跟著味道走到洞口，要是我晚了一步的話……」

「別說了，」皮諾丘大叫，現在想起都還會讓他發抖呢！「要是你晚了一步，我就進了油鍋，也進了漁夫的胃裡去了，呃，只要一想起來就讓我害怕！」

墨丘力伸出右前腳，微笑著代表兩人的友誼，皮諾丘熱情地握住搖了又搖，然後他們就互相道別了。

墨丘力離開後，皮諾丘獨自向附近的一棟房子走去，他向一位坐在門前的老爺爺問道，「好心的老先生，請問你知道有個名叫尤金的小男孩，他的頭部受傷了。」

「今天有幾個漁夫把他送到這來，但現在……」

「死了！」皮諾丘難過地插嘴。

「不，他還活著，已經回家了。」

「真的？你沒騙人？」小木偶興奮地跳起來說道，「這麼說來的話，表示他沒有傷得很重囉？」

「本來他可能傷得很重，可能會死，」老爺爺答道，

．獒犬從漁夫手裡一口搶下麵團似的皮
諾丘，然後輕輕地咬住他，像閃電一
樣地跑出山洞。

「因為他的頭被一本又重又厚的書砸中。」

「是誰砸中的？」

「是他的同學，名叫皮諾丘。」

「皮諾丘是誰？」小木偶假裝不認識這個人。

「聽說他是個壞孩子，成天到處胡混，不做正經事。」

「謠言，這都是人們的謠言。」

「你認識他嗎？」

「只有看過他而已。」木偶答道。

「那麼你覺得他是怎麼樣的人？」

「我覺得他是個用功唸書的乖孩子。」

說了謊話之後，小木偶發現自己的鼻子又長了幾吋，嚇得連忙改口說道，「不，不，千萬不要相信我的話，我認識皮諾丘，他的確是個壞孩子，既懶惰又任性，不愛上學，只愛跟幾個壞朋友胡混。」

說完這些話，鼻子馬上就恢復原狀了。

「為什麼你的臉色看來蒼白啊？」老爺爺突然問道。

「我不小心把臉貼到剛粉刷好的牆壁上了。」小木偶答道，他不好意思說實話，其實他是被人當成魚裹上麵粉，準備放進油鍋煎熟來吃，所以臉才會這麼白。

「那麼你的外套、長褲、以及帽子呢？」

「我在路上遇到強盜，被搶走了所有衣服，你有舊衣服可以給我穿，好讓我回家嗎？」

「孩子，我只剩下一只裝豆子的袋子，如果你需要的

話，不妨拿去。」

一聽完這句話，皮諾丘立刻拿起剪刀，在袋子底部剪一個洞，在側面剪兩個洞，最後把剪好洞的袋子像汗衫一樣往身上套好，穿著這身簡便的衣服回家。

不過，剛剛上路沒有多久，小木偶便覺得渾身不自在。他就這樣前後各走了一步，喃喃自語的說道，「我還有膽子去見仙子嗎？要是他看到我這個樣子又會怎麼說呢？他會再次原諒我嗎？我想可能不會。噢！我肯定他不會原諒我，一切都是我自己活該，我太壞了——每次答應重新做人，可是都不守信用。」

走進村子的時候，天色已經黑了，同時颳著颱風，下了一場大雨。皮諾丘決定直接走到仙女家門口敲門，因為他心裡明白仙子一定會答應讓他進門。

只不過他到了仙子家門口，卻怎麼也不敢敲門，於是來來回回走了好幾次，就是無法拿定主意。第三次了，還是一樣，等到第四次，終於拿出勇氣，輕輕地在門上敲了一下。

等了半個鐘頭以後，頂樓的一扇窗戶終於打開，一隻大蝸牛探出頭來，他的頭上還掛著一盞小燈，一對眼睛直瞪著皮諾丘問道，「這麼晚了，誰在敲門？」

「仙子在家嗎？」皮諾丘問道。

「仙子已經睡了，別吵醒他，你到底是誰？」

「我就是我啊！」

「我？這個『我』是誰？」

「是皮諾丘。」

「皮諾丘又是誰？」

「就是和仙子同住的木偶啊！」

「噢！我知道了。」蝸牛說道。「留在那兒等一等啊，我現在下樓開門讓你進來。」

「求求你行行好，快一點，我快要冷死了。」

「親愛的孩子啊！我是隻蝸牛，蝸牛是跑不快的。」

一個鐘頭，兩個鐘頭過去，還是沒人開門。皮諾丘站在又黑又冷的門外，而且還淋了雨，全身濕答答的，冷得直發抖，他再次鼓起勇氣敲敲大門，這次敲得比上次還要大聲。

原先那隻蝸牛從樓上打開窗戶探出頭來。

「親愛的小蝸牛，」皮諾丘在門外大喊，「我已經在這裡等了快要兩個鐘頭了，你知道在這麼恐怖的夜裡等上兩個鐘頭簡直比兩年還要難熬嗎？拜託你，快一點好不好！」

「孩子啊，」這隻蝸牛一派冷靜地回答，「親愛的孩子，我只是隻蝸牛，蝸牛是永遠不趕路的啊！」說完，窗戶又再次關上了。

不久，鐘聲敲了十二下，接著是一點鐘、兩點鐘，可是，大門還是關著。

最後，皮諾丘再也忍不住滿肚子怒氣，一把抓起門上鐵環，狠狠地撞了一下大門，這麼一撞，把整棟房子撞得喀喀響。但是奇怪的是，鐵環突然變成鰻魚，從他手中滑出，溜到街道中央的小水溝裡，就這樣消失了。

「好啊！」皮諾丘氣得就要失去理智，「鐵環跑掉了，那我繼續撞門也怪不得我呀！」

話一說完，他就退後幾步，準備對大門來個飛踢，結果踢得太用力，整隻腳卡在木門裡，動彈不得。小木偶想要把腳拔出來，卻怎麼試都沒有用。

想想皮諾丘有多麼悲慘，他整個晚上得一隻腳站在地上，一隻腳卡在門裡，維持著懸空的姿勢。

第二天早上，天亮的時候，大門終於打開了，好心的蝸牛從四樓爬到一樓只花了九個小時，顯然他真的是拼命地在趕路啊！

「你把腳插在門裡做什麼？」蝸牛笑著問皮諾丘。

「是我不小心弄的，親愛的蝸牛，你可以幫我把腳從門裡抽出來嗎？」

「孩子，這件事只有木匠才能幫忙。」

「那麼能不能請仙子來幫我？」

「仙子還在睡覺，別吵醒他。」

「可是你看我的腳卡在門裡，什麼事也不能做。」

「你可以數數街上路過的螞蟻打發時間啊！」

「至少可以給我吃點東西吧？我快餓扁了。」

「馬上來！」蝸牛說道。

結果皮諾丘等了三個半鐘頭後，才看到蝸牛頭上頂著銀色盤子爬回來。盤子裡有一條麵包、一塊烤雞肉，還有四顆杏仁。

「這是仙子請的喔。」蝸牛說道。

一看到這麼多好吃的東西，皮諾丘完全地鬆了一口氣。可是他咬了一口，才發現麵包是石膏做的，烤雞是紙板做的，連杏仁也是上了顏色的石膏，教他失望透頂。

他想要痛哭一場，卻難過得哭不出來，心裡仍然氣得想把盤子和所有東西全給扔了。不知道是因為太難過還是太餓了，最後他昏了過去。

等他再次清醒過來時，他發現自己已經躺在沙發上，仙子就坐在旁邊。

「這次我可以原諒你，」仙子說道，「但是你要是再不聽話，以後就要大禍臨頭了。」

皮諾丘發誓以後好好用功唸書，永遠當個好孩子。後來，他果然守信用當了一年的乖寶寶，每次考試，總是拿到第一名，看來他的整體行為的確值得讓人稱讚。仙子看他這麼聽話，心裡覺得很滿意，於是有一天對他說道，「明天，你的願望就會實現了。」

「你是指……？」

「好孩子，明天你就可以不用再當木偶，而是成為真正的小男孩。」

除非親眼看見，否則任誰也不能想像，當皮諾丘聽到這個期待已久的願望終於就要實現的時候，他有多麼的高興！他準備邀請所有同學和朋友到仙子家裡來，好好招待大家吃頓大餐慶祝一番。仙子準備了兩百杯咖啡牛奶、四百個牛油

麵包，這會是歡天喜地的一天，可是……

　　很不幸地，木偶的生活總是會碰到意外，好端端地把每件事搞砸。

第三十章

皮諾丘去了遊樂園

皮諾丘要求仙子讓他去城裡邀請他的朋友第二天到家裡來。仙子回答說道，「當然可以，但是記得要在天黑以前回家，聽懂了嗎？」

「我一定會在一個鐘頭以內趕回來的。」木偶說道。

「路上小心點，皮諾丘！小孩子總是答應得很快，可是常常說話不算數。」

「可是我跟其他小孩不一樣，我會說話算數的。」

「再看看吧！要是你不聽我的話，肯定就要倒楣。」

「為什麼？」

「因為小孩子要是不聽這些經驗比較豐富的人的話，總是替自己找麻煩。」

「但是我已經學到教訓了，」皮諾丘說道，「我不會再掉進陷阱了。」

「我們再看看你是不是真的能說到做到吧！」

木偶不再多說什麼，他向仙子媽媽道別後，就開開心心地跳著出門了。

不到一個鐘頭，他幾乎已經邀請了所有朋友。有些人立刻熱情地答應，有些人則說要再考慮看看，但一聽到有牛油

麵包和咖啡牛奶，趕緊補充說道，「為了讓你高興一下，我們會去的！」

現在你得知道皮諾丘最喜歡的一個同學名叫羅蜜歐，但是每個人都叫他的綽號「燈芯草」，因為他長得瘦瘦長長的，就像一株燈芯草。

燈芯草是學校裡最懶惰、最喜歡搗蛋的學生，但是皮諾丘還是很喜歡他。皮諾丘首先跑去燈芯草的家，準備告訴他這個好消息，可是他出門了。他再去一次，燈芯草還是不在，後來再跑一趟，燈芯草依然不在，他來回白跑了三趟。

他會去哪裡呢？皮諾丘到處找他，終於發現他躲在一些農家的門廊前面。

「你在這裡做什麼？」皮諾丘邊問邊走向他。

「等著離開……」

「你要去哪裡啊？」

「很遠，很遠的地方。」

「我跑去你家三趟耶！」

「你找我做什麼？」

「你聽到我的好消息了嗎？」

「什麼事？」

「明天開始我就不用再當木偶了，我就要成為跟你和其他人一樣的小男孩了！」

「這對你是件好事！」

「所以我邀請你明天到我家一起吃早餐。」

「如果我今晚就要走呢？」

「什麼時候呢？」

「很快！」

「那麼你打算去哪裡呢？」

「我要去住在一個世上最美麗的地方，那也是一個充滿快樂的地方。」

「那個地方叫什麼名字呢？」

「叫遊樂園，你要不要一起去呢？」

「我？不，不了！」

「皮諾丘！相信我，如果你不去的話，你會後悔的，你上哪兒找到一個更健康的地方讓我們小孩子住呢？那裡沒有學校、沒有老師、沒有課本，像是天堂般的地方，不用上課，每天都是禮拜天。你想想看，暑假從元月的第一天開始，一直放到十二月的最後一天，那裡就是這麼惹人喜歡的一個地方，所有進步國家都應該是這樣才對。」

「但是你在遊樂園要怎麼打發時間？」

「可以從早到晚玩樂啊！到了晚上就上床睡覺，等到天一亮，一切重頭開始，你覺得怎麼樣啊？」

「嗯！」皮諾丘微微點頭，好像是說，「我也喜歡過這種日子。」

「那麼你到底去不去？要或不要，你自己決定吧。」

「不，不，不行，我已經答應仙子要做個聽話的孩子，我想要說話算話。更重要的是，我得趕在天黑之前回家，再

見囉！祝你一路順風。」

「這麼急急忙忙地要去哪裡？」

「回家啊！好心的仙子要我天黑之前回到家去。」

「再等兩分鐘嘛！」

「我會來不及的。」

「只等兩分鐘就好。」

「要是仙子教訓我呢？」

「讓他罵吧！等他罵完了，自然就會安靜。」搗蛋的燈芯草這麼說著。

「那麼你在這裡做什麼？你要一個人還是跟其他人一起走呢？」

「一個人？不！還有上百名的男孩跟我一起去。」

「你們要走路去嗎？」

「很快地會有一輛馬車接我們進入遊樂園。」

「希望那輛馬車已經來了。」

「為什麼？」

「我可以看著你們離開。」

「你只要再等等，就能看到了。」

「不，不行，我要回家了。」

「再等兩分鐘吧！」

「我已經待得夠久了，仙子會擔心我的安全。」

「可憐的仙子！他是擔心你會被蝙蝠吃掉。」

「那麼，」皮諾丘繼續說著，「你確定那個地方沒有學

校嗎？」

「一個也沒有。」

「沒有老師？」

「一個也沒有。」

「不用上學？」

「不用，不用，根本不用！」

「這地方多好啊！」皮諾丘說著說著，嘴裡就要流口水了。「這個地方真棒，雖然我沒去過那裡，但我可以想像得到那兒大概是什麼樣子。」

「跟我們一起去看看吧？」

「別誘惑我了！我已經答應仙子要做個好孩子了，絕對不能違背我的承諾。」

「那麼，再見囉！替我向同學問好⋯⋯還有也替我向那些初中班的學生問好，如果你遇到他們的話⋯⋯」

「再見了，燈芯草，祝你一路愉快，好好地玩，偶爾有空記得我們這些朋友喔！」

話一說完，皮諾丘連忙踏上回仙子家的路上，但又停下來轉身問他的朋友，「你確定那裡每天都是禮拜天嗎？」

「沒錯！」

「從元月一號至年底最後一天都是放假？」

「錯不了！」

「好棒的地方啊！」皮諾丘羨慕地說道，然後很快地下定決心，搖搖頭說道，「那好吧，真的要說再見了，祝你一

路順風。」

「再見！」

「你什麼時候離開？」

「就快了！」

「或許我可以等一等。」

「那……仙子怎麼辦？」

「反正我已經遲到了！我早一個鐘頭或晚一個鐘頭回去，其實沒有太大關係。」

「可憐的皮諾丘！仙子要是教訓你呢？」

「就讓他罵吧！等他罵夠了，自然就會安靜的。」

這時候，天色已經變得很黑了，他們看到遠方有個小小的燈火在移動著，然後他們聽到鈴噹的聲音，以及很多人按喇叭的聲音，但是音量低弱得像是蚊子叫的聲音。

「來了！」燈芯草大叫，跳了起來。

「什麼來了？」皮諾丘輕呼。

「那是來接我的馬車，你要不要一起來？」

皮諾丘又問了，「那裡的小孩子真的不用上學嗎？」

「不用，不用，絕對不用！」

「多麼棒的一個地方啊！那個地方好自由喔！」

第三十一章

開心玩耍

馬車終於來了，不過因為車輪子塞滿了破布和麻繩，所以跑起來靜悄悄的。

雖然說是馬車，但拉動馬車的不是馬，而是十二對大小一樣、但顏色不同的驢子，有灰色、白色、斑點，還有藍黃條紋。

有趣的是這十二對驢子腳上全都穿著白靴子。

那麼還有車伕呢？

這個人身材又矮又小，身高根本沒有肩膀寬來得高，長得一身牛油似的肥肉，看來軟綿綿，油滋滋的，臉孔小得像是一顆紅蕃茄般大小，一口尖嘴老是不停地笑著，加上輕輕軟軟的聲音，像是貓咪哀求著主人賞塊奶油。

男孩們見到他馬上就被吸引住了，搶著擠上馬車，巴不得趕快到達那個天堂般的地方，過著無憂無慮的日子。

實際上，車上已經擠滿了年約八到十二歲的小男孩，就像鹹魚一樣地擠在桶子裡，連呼吸也變得困難了，但是沒有人因此感到不滿而抱怨。他們心想再過幾個鐘頭，就會到一個沒有課本、沒有學校、沒有老師的地方，全都高興得不得了，什麼苦頭都願意忍耐下來，根本不會覺得不舒服，也不

會覺得肚子餓、口渴、或是疲倦想睡覺。

　　馬車停了下來，車伕跳下來向燈芯草使使眼色，對他彎腰鞠躬，問道，「孩子，你是不是也想去遊樂園啊？」

　　「當然啊！我好想去那裡喔！」

　　「可是啊！孩子，你不也看到了嗎？車上已經擠滿人了，找不出位子來了啊！」

　　「沒關係啊！」燈芯草說，「如果車上已經沒有位子，那麼我可以站在車子外面的橫槓上面。」說著說著，他就往那橫槓一跳。

　　「那麼你呢？好孩子？」車伕像是取悅皮諾丘說道，「你決定得怎麼樣啊？跟我們一起走呢？還是留下來呢？」

　　「我決定留在這裡，」皮諾丘答道，「我要馬上回家，好好用功唸書，做個乖寶寶。」

　　「那麼祝你一路平安囉！」

　　「皮諾丘！」燈芯草對著他大叫，「聽我的話肯定沒錯！跟我們一起走，一起玩個痛快啊！」

　　「不，不，不行。」

　　「跟我們一起走吧！很好玩的！」車上有幾個人也跟著附和喊著。

　　「跟我們一起走吧！否則你會後悔的！」這次車上至少有上百個人對他大喊。

　　「要是我跟你們走的話，仙子又會怎麼教訓我呢？」皮諾丘問道。

「不用擔心，你想想啊，只要到了遊樂園，整天除了玩耍以外，再也沒別的事情要做哩！」

這回皮諾丘不吭氣了，嘆口氣，停頓一會兒，又嘆了兩口氣，最後說道，「留個空位給我，我跟你們去吧！」

「車子再也擠不下了，」車伕說道，「真高興聽到你也想去。這樣吧，我把我的位子讓給你坐吧！」

「那你呢？」

「我用走路。」

「不可以，那麼，我選頭驢子好了。」

說完，皮諾丘走到馬車右邊的驢子旁邊，正打算要跳上驢背，不料那頭驢子卻轉身朝皮諾丘的肚子一踢，可把他踢飛了，啪的一聲從半空摔落地上。

那些搗蛋鬼這下全都笑翻了。

只有車伕沒有笑他，他走到那頭踢飛皮諾丘的驢子旁邊，假裝親吻驢子，不料卻一口咬掉驢子的半只右耳朵。

皮諾丘氣壞了，又從地上爬起來，準備一鼓作氣跳上驢背，這次跳得很漂亮，馬上讓在場所有捧腹大笑的男孩們閉上了嘴，一直鼓掌叫好，直嚷嚷「皮諾丘萬歲！」

只不過這頭驢子突然抬起後腿，又把皮諾丘狠狠地踢得老遠，這次摔在一堆石頭上面。

男孩們忍不住又開始大笑起來，車伕還是忍住笑意，直接走到驢子那裡，咬下了驢子的半只左耳朵。

接著他對皮諾丘說道，「別怕，這次可以坐上驢背了，

·皮諾丘一鼓作氣跳上驢
背，這次跳得很漂亮，
堵住其他人的嘴。

我已經教訓了這頭頑固的驢子，現在他應該會好好聽話，不再找你麻煩了。」

這回，皮諾丘終於安穩地坐在驢背上了，馬車繼續上路，但在驢子蹬呀蹬地往前跑，馬車喀吱地壓過石子做的馬路時，耳邊似乎傳來低弱得聽不見的聲音對他說，「可憐的蠢蛋！你總是想做什麼，就做什麼，最後一定會後悔的！」

他一聽，嚇得發愣，連忙看看四周，想要找出聲音從哪裡傳來，但是什麼都沒有看見。這群驢子繼續往前跑，馬車不斷地壓過石子坐的馬路，所有男孩都睡得好沉，連燈芯草也像熊一樣在打呼，只有車伕嘴裡輕輕地哼著曲子：

人們全都一覺睡到天亮，

只有我，從來不睡。

一會兒之後，皮諾丘又聽到那道低沈的聲音傳來，「記住啊！你這個傻瓜，如果你不唸書，不上學，扔了課本，不聽老師的勸告，最後倒楣的肯定是你啊！我可是吃盡苦頭的過來人，等到最後跟我一樣的時候，後悔就來不及了，就算哭也沒用！」

聽完這些低沈的話，皮諾丘嚇得趕緊從驢背上跳下來，手裡還抓住套在驢子鼻上的細繩子呢！當他發現這頭驢子像個小男孩似的哭了起來，想像一下他有多麼驚訝。

「胖胖先生，」皮諾丘對車伕說道，「你遇過這種事嗎？這頭驢子竟然在哭耶！」

「讓他哭吧！」

「你教他講過話嗎？」

「不，他以前曾與一群受過訓練的狗相處三年，學會了自言自語。」

「好了！好了！」車伕說道，「別花時間看哭泣的驢子了。快點坐好，我們要趕路了，還有好長的路要走呢！」

皮諾丘只得照辦，馬車繼續喀吱喀吱地經過石子做的馬路，終於趕在天亮以前到了遊樂園。

這個遊樂園不同於其他地方，這裡只有八歲到十四歲的孩子，滿街都是歡呼、尖叫，聲音嘈雜得教人發狂。

這裡到處都是孩子，有的人在玩九柱戲，有的人在扔鐵環，有的人在騎木馬、捉迷藏。還有的人扮成小丑的模樣，表演吞火繩；有的人演戲、唱歌、朗讀、翻筋斗、倒立用手走路、滾鐵圈，或者打扮成大將軍的樣子，頭戴紙鋼盔，假裝指揮大軍。走在街上，到處都是笑鬧、鼓掌叫好的聲音，甚至有人學著母雞下蛋時咯咯啼叫的聲音。總之呢，這個地方吵鬧不斷，毫無秩序可言，要是不在耳朵裡塞棉花，肯定都要成為聾子啊！全部空地上都搭滿了戲臺，擠滿了人潮，所有房子的牆上也都遭人用煤炭寫了許多錯字。

等到馬車進城後，燈芯草和其他一起坐車過來的男孩們全都衝到街道，不久就跟其他當地的孩子混在一起。世上有誰比他們更快樂呢？

他們一個接著一個玩著各式各樣的遊戲和活動，時間就

像閃電一樣地過去了。

「哇！這種日子真是太棒了！」皮諾丘每次碰到燈芯草時，總要大叫。

「我說得沒錯吧！」燈芯草答道，「原本你還不願意跟我們一起來呢！還說要回仙子家去，全把時間浪費在唸書上面，瞧你現在不是自由自在的，不用唸書，不用上學嗎？這些全都得歸功於我這麼費盡心思地把你勸來這裡呀！真正的朋友才會對你這麼好！」

「你說得對！燈芯草！都是因為你，現在我才能過得這麼快樂。但是你知道以前老師對你的評語是什麼嗎？他總是對我說，『不要跟無所事事的燈芯草交朋友，這個孩子真是壞透了，以後一定會使你惹上麻煩的啊！』」

「可憐的老師！」燈芯草邊說邊搖頭，「我早就知道他不喜歡我了，老是在背後說我壞話，但我做人向來心地寬容，我一點也不會放在心上，原諒他好了。」

「我好佩服你喔。」皮諾丘一邊抱住朋友，一邊熱情地吻他的額頭。

就這樣，皮諾丘在遊樂園裡大玩特玩了五個月，每天從早到晚都在玩耍，不用讀書，不用上學。最後，有一天早上，他從夢裡醒來，這才發現自己出了問題，開始緊張兮兮起來。

皮諾丘變成驢子

　　皮諾丘到底出了什麼問題？他一早起來抓抓腦袋時，發現問題來了。

　　猜猜看皮諾丘發現了什麼問題？

　　他看見自己的耳朵多了幾吋長，簡直嚇壞了。

　　你們可知道，木偶生來耳朵就小得幾乎看不出來。所以囉，你們可以想像得到，當皮諾丘一覺醒來後，發現耳朵變得跟一隻掃帚般大小，肯定嚇得慌了手腳。

　　他連忙想要照照鏡中的自己，卻找不到任何鏡子。不得已盛滿一臉盆的水，往裡面探頭一望，這下可不得了，他看到了讓他心裡害怕的玩意兒，那是一對長了毛的驢耳朵，正好長在他的頭上。

　　想像一下皮諾丘會有多麼難過！

　　皮諾丘忍不住開始放聲大哭，頭低低的往牆上撞去，可是每次他哭得越厲害，頭上那對驢耳朵就長得越長，毛也長得更濃。

　　樓上有隻討喜的小松鼠，聽到皮諾丘大聲哭鬧，趕緊下樓瞧瞧到底發生了什麼事，一見皮諾丘的模樣，好心的問候說道，「親愛的鄰居，怎麼回事啊？」

・一對長了毛的驢耳朵，正好長在
　皮諾丘頭上，他開始放聲大哭。

「親愛的松鼠，我生了重病，看來很奇怪，你會替人治病嗎？」

「多少會一點吧！」

「那麼請你幫我看看是不是發燒了？」

松鼠於是伸出右腳替他診斷，然後嘆氣說道，「真是抱歉，我的朋友，看來情況的確不太樂觀啊！」

「究竟怎麼回事？」

「你得了一種危險的熱病。」

「哪一種？」

「驢子熱。」

「我從來沒有聽說過這種病啊！」皮諾丘說道，但是他心裡知道松鼠的意思。

「我為你解釋一下，」松鼠答道，「幾個鐘頭後，你就不再是小木偶或小男孩了。」

「那麼我會變成什麼？」

「你會變成一頭驢子，就跟那些拉車或是載著蔬菜到市場的驢子一樣。」

「我的天啊！我好可憐喔！我好可憐喔！」皮諾丘哭喊著，雙手抓著耳朵，又拉又扯的，好像不是他的耳朵似的。

「年輕人，」松鼠安慰他說，「看來現在已經沒有辦法了，你得認命。小孩子要是過於懶惰，不喜歡上學念書，只知道成天玩樂，最後就會變成小驢子。這是遊樂園的規定，任誰也不能改變。」

「這是眞的嗎？」皮諾丘哭咽著問。

「很遺憾，眞的。現在哭是沒有用的，要是你能早點想到就沒事了。」

「但這不全都是我的錯啊！要怪就怪燈芯草！」

「誰是燈芯草？」

「他是我的同學。原本我要回家，陪在仙子身邊，當個好孩子，乖乖上學用功唸書，但是燈芯草卻對我說，『爲什麼要上學唸書？跟我們一起去遊樂園，那裡一輩子都不用唸書，從早到晚玩個痛快，逍遙過日子。』」

「孩子，爲什麼你要聽那個人的話？他的話不一定都是爲你好啊！」

「因爲……因爲，親愛的松鼠，一切都要怪我自己不用大腦，而且還貪玩。要是我有點良心，就不該離家出走，扔下仙子媽媽不管，他對我好極了，總是替我做了很多事情。唉，原本我可以變成眞正的小男孩，不再只是木偶而已！萬一再讓我遇到燈芯草，一定要他好看！」

皮諾丘打算跑出門去，但是一想到頭上長了一對驢耳，不好意思見人，猜猜看他用什麼方法解決問題？他找到一只棉質布袋，把頭整個罩住，鼻子以上的範圍全都蓋住。

他把驢耳罩住之後，就跑出去找燈芯草，走遍大街小巷、廣場、戲院，卻都沒看見他的人影，最後只好跑到燈芯草住的地方，用力地敲門。

「是誰啊？」燈芯草問道。

「是我，皮諾丘。」木偶回答。

「等一等，馬上讓你進來。」

過了半個鐘頭，燈芯草才把門打開，皮諾丘發現燈芯草的頭上一樣罩了一只棉質布袋，緊緊地蓋住耳朵上面，不由得讓他嚇了一跳。

眼看燈芯草的模樣，皮諾丘心裡稍微舒服了一些，心想，「或許他和我一樣，犯了驢子熱的病。」

但是皮諾丘假裝沒有看見，笑著說道，「親愛的燈芯草，你好嗎？」

「好啊！我早上起來覺得精神百倍呢。」

「真的啊？」

「我沒必要撒謊。」

「抱歉，但是我不知道爲什麼你戴了這麼大的帽子把耳朵遮住？」

「醫生說是我的膝蓋受傷了，必須戴上帽子。那麼你呢？親愛的皮諾丘，你爲什麼要把頭遮住一半呢？」

「因爲醫生說我腿受傷了。」

「噢！可憐的皮諾丘。」

「噢！可憐的燈芯草。」

兩個人就這樣靜靜地看著對方好一會兒。

後來，皮諾丘終於打破沈默，輕輕柔柔地問道，「親愛的燈芯草，告訴我啊，你的耳朵是不是出了問題？」

「才不呢！那麼你呢？」

「也沒有啊！不過早上起來的時候，有隻耳朵發疼。」

「對耶！我的也是！」

「你也一樣？是哪一隻耳朵呢？」

「兩隻都疼。你呢？」

「一樣耶！我們是不是得了一樣的病啊？」

「八九不離十，是吧！」

「燈芯草，能不能幫我一個忙？」

「好！你說」

「我能不能看看你的耳朵？」

「可以啊！不過，親愛的皮諾丘，你也要讓我看看你的耳朵。」

「不成！先看你的！」

「不行，先看你的！再看我的！」

「不如這樣吧！」木偶說道，「我們來訂個協議。」

「什麼協議？」

「一起掀起布袋。」

「好，就這麼說定。」

「預備，」皮諾丘開始大數，「一、二、三！」

喊完，兩人同時拿起布袋，往旁邊一扔。

這時，發生一件最奇異不過的事情，卻又真實極了。皮諾丘與燈芯草兩人你看我啊，我看你的，這才發現兩人處境一樣糟糕，不過，他們卻沒有因此而羞紅了臉，反倒搖起驢耳朵來，開始大笑個不停。

他們笑著笑著，連肚皮都要笑破了。

後來燈芯草不知怎麼地突然閉嘴，身體開始搖晃起來，臉色發白，「救我！快救我！皮諾丘！」

「怎麼了？」

「天啊！我快站不住了！」

「我也是！」皮諾丘哭喊著，身體也一樣搖擺不定。

話才說完，兩人已經趴在地上，到處爬來爬去，慢慢地，手變成了蹄子，臉變成驢子臉，背上還長出灰色帶有黑色斑點的驢子毛呢！

最讓他們無法忍受的是開始長出了尾巴。兩人覺得既氣憤又羞愧，最後忍不住放聲大哭，埋怨起老天爺來了。

不過啊！他們要是不發出聲音就沒事了。兩人不是安安靜靜地趴在地上埋怨，而是發出驢子般的嘶吼聲，簡直像極了二重唱。

這時有人敲門了，邊敲邊喊，「快點開門！我是帶你們來這裡的車伕，快點開門！否則有苦頭讓你們受的！」

第三十三章

皮諾丘和燈芯草被送到市集

皮諾丘和燈芯草兩人沒有開門，車伕等不及了，一腳踢開大門，用著平常一樣的口吻，對兩人笑著說道，「恭喜啊！你們的驢叫聲聽來棒透了！聽見你們的聲音，我就立刻趕來了。」

聽到這些話，兩頭驢子立刻安靜下來，低著頭，並把尾巴夾得緊緊的。

車伕拍拍他們後，拿出一把捲毛刷替他們仔細地刷理著驢毛，直到毛色發亮得可以當成照臉用的鏡子時，這才心滿意足地把他們套上馬鞍，準備送到市場賣個好價錢。

市場上多的是等著買驢子的人。燈芯草被賣給一個農夫，他的驢子前一天剛去世；皮諾丘則賣給一位馬戲團經理，他準備讓皮諾丘學跳舞，跳鐵圈，這樣就能和其他馬戲團的動物合作表演了。

親愛的小讀者，現在你們知道這個車伕是做什麼的了吧？一肚子壞水的他，假裝是個好好先生，駕著馬車去世界各地，路上若是碰到不愛唸書、不愛上學的孩子，他會把他們哄騙上車，然後等到車子全載滿了，就把孩子們帶到遊樂園去，讓他們整天玩樂，等這些可憐蟲玩得頭昏腦脹，一個

個變成驢子後，他就能開心地把這些驢子帶到市場上賣掉，趁機大賺一筆。於是，不出幾年的時間，車伕已經爲自己賺得滿滿的荷包，搖身一變成爲百萬富翁。

我不知道燈芯草後來過得好不好。但是我知道皮諾丘從頭到尾都得做苦工，沒有一天是個好日子。

被賣到馬戲團之後，主人把他牽到馬廄，還放了一些稻草在馬槽裡，但是皮諾丘嚼幾口就吐了出來。

主人看到這個情形，不高興地說了幾句，然後再放一些乾草，不過，皮諾丘還是不喜歡。

「什麼！你連乾草也不喜歡？」主人氣得大叫，「好個驢子，我自有辦法教訓你這頭挑剔的驢東西。」說著說著，主人拿起鞭子，連續抽打著驢腿。

皮諾丘痛得大聲嘶叫，「這不能怪我啊！我真的沒有辦法消化稻草啊！」

「那就吃乾草呀！」主人回答，原來這位男主人聽得懂驢子說的話。

「不成啊！乾草會讓我胃痛的！」

「難道是要我拿塊雞肉來餵你這頭驢子不成？」主人越說越光火，拿著鞭子抽打得更厲害。

被主人狠狠修理一頓後，皮諾丘覺得不說話比較好，於是不再作聲。主人走了以後，只剩下孤單的皮諾丘站在馬廄裡，這才想起自己已經很久沒有吃東西了，禁不住飢餓而打起了哈欠，像個驢子似的把嘴巴張得大大的。

馬槽裡除了乾草之外，再也沒有別的了，他只好咬了一口，嚼了半天，然後閉上眼睛把乾草吞進肚子裡。

　　「看來乾草不太難吃，」他說道，「如果我沒有逃學就好了，現在我就可以吃到香軟的麵包，還有熱騰騰的香腸，唉，算了，不想了！」

　　一早起來，他又想吃點乾草，但是怎麼找都找不到，因為他在前一天晚上已經把所有乾草吃光了。

　　這麼一來，他只好咬口碎稻草吃吃看，邊嚼邊想，碎稻草的滋味實在比不上米飯和通心粉來得美味。

　　「不想了！」他又說了一次，然後繼續嚼著稻草，「但願不聽話、不用功唸書的孩子看到我落得這種下場，能夠記住教訓，唉！算了，不想了！」

　　「什麼『不想了！』？」主人正好走進來說道，對他大吼著說，「你得弄清楚，買下你不只是餵飽你的肚子而已，你要幫我工作，賺進大把大把的鈔票。快點站起來，精神抖擻的幹活！走！隨我去馬戲團，我來教你跳鐵圈，撞破黏好的紙，還有你得學會跳華爾滋、波卡舞，金雞獨立。」

　　可憐的皮諾丘被逼著去學這些戲法，花了三個月才全部學會，還被打得渾身是傷。

　　一天，主人宣布要舉辦一場盛大的表演，街上全都佈滿了色彩鮮豔的海報，上頭寫了：

　　盛大公演

　　今晚由本戲班全體演員及駿馬共同為您表演各式絕活，

保證絕對值回票價，特別推薦首次參與演出的舞王之王，小驢子皮諾丘，為您帶來五光十色的舞台表演。

表演開始前一個鐘頭，戲院就已經客滿了，就算捧著金子也買不到位子。四周全坐滿了小孩子，他們等不及要看小驢子皮諾丘的表演呢！

等到第一場表演結束之後，馬戲團團長立刻衝上舞台，他穿了一身白色緊身衣，罩上一件黑色外套，踩著一雙高過膝蓋的長靴，然後向台下觀眾鞠躬，嚴肅地發表以下滑稽的說詞：

「各位先生、女士，大家好，

小弟我目前借住在貴寶地，今天很榮幸地為各位介紹我們赫赫有名的小驢子皮諾丘，他曾經受到歐洲多位國王的賞識而進入王宮跳舞。

在此感謝各位賞光，要是表演得好，都要歸功於各位熱情捧場，但要是表演得不好，麻煩各位替我們找個台階下去，還請多多包涵。」

團長說完，台下響起笑聲與掌聲，直到最後掌聲像是雷聲一樣響遍了整個戲院，原來是小驢子皮諾丘終於登場，他的一身打扮真是漂亮極了！

戲班子團長為大家介紹小驢子皮諾丘之後，繼續補充說道，「各位來賓，坦白說，為了讓這頭驢子乖乖聽話，我不知道費了多少心血，那時候，他就像個野孩子在山裡跑來跑去，

根本不受管教，他被抓回來以後，眼神還露出凶狠的樣子，但願你們都能親眼目睹當時情景才好，我用盡各種方法要他變得溫馴一點，但是一點用都沒有，逼得我只好拿鞭子抽他，不過他不知道我的一片心意，非但不受教，反而越來越凶。後來，還是我的方法有效，有次我把他打得頭上腫起一塊，終於把他點醒，從此以後，他真是開了竅啊，不管學跳舞、跳鐵圈，都能馬上學會。現在就請各位好好觀賞與指教，另外，提醒各位先生女士，記得明天晚上再來這裡看表演，要是明天天氣變化的話，我們會提早在十一點開始表演喔！」

他說完後連鞠了幾次躬，然後轉身向皮諾丘說，「來！皮諾丘，表演前得向觀眾行禮。」

皮諾丘只好順從地彎下膝蓋跪在地上，戲班子團長甩了鞭子，然後大叫，「走！」皮諾丘這才站起來繞場一圈。

又過一會兒，戲班子團長又大嚷，「走快點！」皮諾丘只得應主人要求快步走著。

「跳著走！」

皮諾丘立刻跳著走路。

「跑著走！」

皮諾丘賣力地向前跑。

團長趁皮諾丘努力往前跑的時候，對空鳴了一槍。

皮諾丘聽到槍聲，立刻假裝中彈的樣子，應聲摔到在地，昏死過去。

戲院裡這時響起掌聲，皮諾丘站了起來，看著觀眾。

· 小驢子皮諾丘終於登場，他的一身打扮
  贏得台下的掌聲和笑聲。

這時，他看到包廂裡坐著一位美麗的女士，脖子上掛著金墜子，上面鑲著皮諾丘的相片。

「那相片裡的人是我！他就是仙子啊！」皮諾丘一眼就認出他來。

皮諾丘忍不住興奮地叫著，「親愛的仙子！噢！親愛的仙子！」但是他的喉嚨裡發出的是驢子嘶叫的聲音，聽來又響又長，大家聽了不免大笑，連孩子都要笑岔了氣。

戲班子主人見了這個情形，立刻抓起鞭子頭重重地往驢子鼻子敲上一記，制止他在觀眾面前發出難聽的嘶叫聲。

可憐的小驢子吐舌舔著挨了揍的鼻子，五分鐘後才覺得舒服多了。

只是當他再次抬頭望望包廂的時候，裡面早已人去樓空，心裡簡直難過得不得了，仙子消失了。

皮諾丘心裡越想越難過，眼淚也流啊流的，最後終於忍不住放聲大哭。

但是人們並沒有發現皮諾丘在哭泣，戲班子團長一心只想用鞭子抽他，根本不會注意到他有什麼不對勁，一邊大喊，「堅強點，皮諾丘！快讓大家看看你跳鐵圈的英姿！」

皮諾丘只得乖乖聽話，連續試了好幾次，但是每次跑到鐵圈前面的時候，總會害怕得不敢踏出腳步穿過中央的地方，最後，他只能勉強地跳過，但右腳卻不幸被鐵圈絆住了，於是，整個身體就這樣狠狠地摔到另一邊去了。

皮諾丘費了好大力氣才站起來，這一摔把腳骨頭摔斷

了，只好一跛一跛的走回馬廄去。

「讓他出來，我們要皮諾丘，讓他出來！」孩子們同聲大喊，他們看見皮諾丘摔傷了，全都覺得好難過。

那天晚上之後，小驢子再也沒有出來過。

第二天一早，獸醫替小驢子檢查過之後說，小驢子這輩子只能跛著走路了。

戲班子團長聽了檢查結果，吩咐打雜工人說，「我還能指望跛腳的驢子替我賺錢嗎？這頭驢子要是不能工作，要他有什麼用？趕緊帶他去市場賣掉！」

一到市場，有人問打雜工人說，「這頭跛腳的驢子賣多少錢？」

「五枚銀幣。」

「我只能出五先令，你認為我能把他拿來做什麼用？我是看上他那張厚厚的驢皮，能替我們的樂團做一面鼓啊！」

想像一下皮諾丘聽見有人打算剝他的皮做成一面鼓，心裡會是什麼滋味？

一付完五先令，新的主人馬上牽著小驢子走到海邊一塊大石頭旁邊。他把一塊石頭綁上小驢子的脖子，再用一根繩子綁住一隻腳，然後用力把小驢子往外推，讓他整個栽進水裡。皮諾丘肚子上綁著一塊沈重的石頭，就這樣很快地沉到了水底，手裡握著繩子的新主人索性坐在大石頭上，準備等到驢子淹死之後，取下那張驢皮做成鼓。

第三十四章

皮諾丘變回小木偶

　　一個鐘頭之後，小驢子的新主人喃喃自語地說道，「可憐的跛驢肯定淹死了，可以把他拉起來，拿他的皮做鼓。」

　　他拉起那條綁在驢子腿上的繩子，拉著，拉著，沒想到海面上冒出的是……猜猜看，那是什麼？不是一命嗚呼的小驢子，而是全身像蛇一樣扭曲亂動的小木偶，他還活著呢！

　　可憐的先生一看是小木偶，一度以為自己活見鬼。嚇得吐不出一個字來，只能張大嘴巴，連眼睛都快要凸出來了。

　　等到他稍微冷靜之後，這才結結巴巴地說道，「小驢子，我……丟到海裡的小驢子呢？怎麼……怎麼不見了呢？」

　　「我就是那頭小驢子！」皮諾丘大笑回答。

　　「你！」

　　「我！」

　　「算了吧你！你這個小兔崽子，快別開玩笑了！」

　　「開玩笑？不，親愛的主人，我說的都是實話。」

　　「怎麼可能？不久前，你是頭小驢子，現在卻成了小木偶，怎麼可能呢？」

　　「肯定是大海幫了我一把。你知道嗎？有時大海會變魔

術喔！」

「當心點！小木偶，不要鬧著我玩，要是你惹毛了我，我就要你吃盡苦頭！」

「好吧！主人，你想聽聽看究竟是怎麼一回事嗎？要是你先把我的繩子解開，我就誠實地告訴你。」

這位先生的確為了這個遭遇而納悶著，於是連忙解開繩子。重獲自由的皮諾丘馬上解釋說道：

「你知道嗎？原本我跟現在一樣是個木偶，而且即將成為活生生的小男孩，但是因為我不喜歡唸書，又聽信壞朋友的話離家出走。等到有天醒來，我發現自己變成驢子，長出驢耳朵和驢尾巴，天啊！當時我真的羞愧到不敢見人。然後，我和其他驢子一起被帶到市場上，馬戲團團長把我買下來，教我跳舞、跳鐵圈，但是有天晚上表演的時候，我一不小心把腿摔斷了，戲班子團長看我跛了，不能幫他賺錢，乾脆教人把我帶到市場上，最後就這樣被你買下來了。」

「當然！我花了五先令買了你，但是現在我要向誰討回這筆錢啊？」

「想想看，你買下我要做什麼用？是要剝了我的皮做成鼓！是鼓耶！」

「不錯！但是我現在要上哪兒去找另外一張皮啊？」

「我的主人啊！不要難過，世上多的是驢子啊！」

「好，你這個小混球，故事講完了吧？」

「還沒有呢！」木偶回答，「讓我把話說完。你把我買

下之後，一路帶我到這裡來，幸虧你心地不壞，只有拿了石頭綁住我的脖子，推我下海，老天爺會記住你的好心腸，我也會永遠感激你，親愛的主人，就算仙子沒有出現，我仍然要好好謝謝你。」

「那麼仙子又是誰呢？」

「他是我的媽媽，就跟那些疼愛自己孩子的媽媽一樣，他無時無刻關心著我，一旦出事就馬上出手幫忙，儘管我皮得不像話，老惹出一堆麻煩，他還是一樣疼愛我。總而言之，我要說的是，好心的仙子看見我就要被淹死了，立刻派了一群魚過來，他們以為我是頭死驢子，全部圍著我又啃又咬的，他們嘴巴也很大，原來海裡的魚比起小男孩來還要嘴饞！有的魚吃我的耳朵，有的吃我的鼻子，有的吃我的脖子、蹄子、鬃毛，甚至吃掉我背上和腿上的皮，只有一條魚比較有禮貌，只是啃掉我的尾巴而已。」

「從現在起，」這位先生聽完忍不住嚇得嚷嚷，「我發誓再也不吃魚了，萬一咬進鱈魚或鰹魚的時候，發現一條驢尾巴，肯定教人反胃。」

「贊成！」木偶邊笑邊說，「說到這個，你知道嗎？我一身的皮都被魚吃掉之後，就只剩下一副骨頭了——噢！不，說得更明白一點，應該是木頭才對！唉，你應該發現我是用硬木頭做成的，這群魚咬了一下，發現沒有肉可吃，況且木頭是不能被消化的。於是他們紛紛往四面八方游走了。所以你把繩子往上拉之後，發現的不是一頭死驢，而是一個

活生生的小木偶啊！」

「好了，好了，」他生氣得大喊，「你花了我五先令，我可得把錢要回來！你知道我打算怎麼做嗎？我要帶你回市場當柴賣了！」

「隨你高興，我不在乎。」皮諾丘說道。

話還沒說完，小木偶就已經跳進大海，邊游邊興奮地對他大喊，「再見了！主人！往後你要拿皮做鼓時，千萬要記得我喔！」皮諾丘邊說邊笑，簡直樂不可支。

過了不久，皮諾丘又轉身大喊，「再見了，主人！往後你要用木頭生火時，千萬要記得我喔！」

不一會兒，小木偶已經游得很遠，幾乎看不見了，也就是說，只看見海面上有個小黑點，偶爾不時從水裡舉起手和腿，翻著跟斗，宛如一頭開心的小海豚。

皮諾丘突然看見不遠的海面出現了一塊岩石，看來像是座大理石，上面還站著一頭可愛的小羊，不停地咩咩叫著，似乎招呼他快快游過去。

讓人感到詭異的是，那頭小羊的毛色不同於一般的羊，不是白色，也不是黑色，更不是灰色，而是藍色，一種閃亮的藍色，像仙子的頭髮一樣的藍。

小木偶緊張得不得了，心臟噗通噗通的跳得很快，他使勁地游向岩石，但是游到一半的時候，後頭衝出一隻海怪，他的頭醜陋得嚇人，而且嘴巴張得很大，像個黑壓壓的洞穴，要是把那兩排尖牙畫在紙上，肯定會把人嚇得半死！

你們猜猜這頭怪物是什麼？

他就是這故事中提了好幾次的大鯊魚，因為擅長吃人，胃口也大得很，所以人們都稱他為「海上殺人魔」。

可憐的皮諾丘一看到這頭怪物，只差沒有嚇暈。他想要游得快一點，或者游向別的方向，總而言之，就是要盡快逃離這頭大海怪的視線。但是他那張大得如山洞的嘴巴緊緊追在後頭，飛得像箭一樣快。

「快啊！皮諾丘，快一點啊！」小羊大聲喊著。

皮諾丘費盡力氣往前游。

「快啊！皮諾丘！大怪物就要追上你了！」

皮諾丘游得比之前更快，就像是子彈從槍桿裡繃出來一樣飛快。小羊見他就要游到岩石了，趕緊伸出前腳救他。

只不過一切都太遲了！大海怪已經追上了皮諾丘。大海怪深深地吸口氣，就把皮諾丘吸進肚子裡，但是大海怪吸得太用力了，皮諾丘狠狠地衝進大海怪的胃裡，一動也不動地昏迷了十五分鐘之久。

醒來後的皮諾丘根本不曉得自己在什麼地方，伸手摸去一片漆黑，心想自己大概掉進一個大墨水罐裡，只好仔細地用耳朵聽聽看，但是聽不到一點聲音。不過有時候，他會感到有風吹過他的臉頰，原本他不知道這道風從哪兒吹來，後來才發現這道風來自海怪的肺。

皮諾丘起先假裝自己很勇敢，但是等他知道自己就在大鯊魚的肚子裡時，忍不住淚眼汪汪地哭喊起來，「救命啊！

救命啊！誰來可憐可憐我啊！誰來救救我啊！」

「誰會來救你啊？可憐的傢伙。」突然黑暗中有道聲音冒出來，像是一把五音不全的吉他發出來的。

「誰在說話？」皮諾丘嚇得發慌。

「是我啊！我是一條金鎗魚，和你一起被吃進來的啊！你又是什麼魚？」

「我不是魚，我是木偶。」

「如果你不是魚，為什麼要到這兒來活受罪啊？」

「不是我想要進來的啊！是那頭海怪硬要把我吞進來的！我們現在被困在這裡，有沒有什麼好辦法啊？」

「看來只能任由命運擺佈，等鯊魚把我們消化光吧！」

「我不要被消化掉呀！」皮諾丘又哭又喊。

「你認為我願意嗎？」金鎗魚說道，「想想看，身為一條金鎗魚，死在水中總比死在油裡好些，沒什麼好難過。」

「胡扯！」皮諾丘說道。

「我只不過是把自己的意見說了出來嘛！」金鎗魚回答，「正如我們族裡的議員們說的！不管是什麼意見，都應該受到尊重。」

「好吧！你高興怎麼說就怎麼說吧！反正我只想要離開這裡，我想要逃走。」

「你要是能逃走就逃吧！」

「這條吞了我們的鯊魚到底有多大啊？」

「他大概有一哩左右長，還沒有加上尾巴的長度喔！」

就在這個時候，皮諾丘似乎發現遠方出現了亮光，不停地閃爍著。

　　「遠遠的那道亮光是什麼呢？」皮諾丘問道。

　　「那也是跟我們一樣不幸被吞進來的同伴，正在等著被消化。」

　　「我去找他，或許他是條上了年紀的老魚，可以告訴我怎麼逃離這裡。」

　　「希望可以，親愛的小木偶。」

　　「再見了，金鎗魚。」

　　「再見了，小木偶，祝你好運喔！」

　　「我們會在哪裡再見呢？」

　　「天曉得啊！咱們別想這麼多！」

第三十五章

和爸爸相聚

　　皮諾丘向金鎗魚道別之後，便走向遠方那道亮光，一步步地摸黑前進，穿過鯊魚的身體。

　　走著走著，那道亮光似乎越看越清楚，最後他終於走到那裡，猜猜看他發現了什麼？儘管猜猜看。他發現了一張小桌子，上面的綠色玻璃瓶裡還點上一根蠟燭，一位頭髮花白的老爺爺坐在桌子旁邊吃著魚，有些活生生的魚偶爾還從他的嘴裡繃出來。

　　可憐的皮諾丘一眼看到那位老爺爺，只差沒有興奮得昏過去。他想哭，想笑，而且想說許多話，但是只能支支吾吾地說著一些聽不懂的話。

　　等了一會兒，小木偶終於開口大笑，伸開雙手抱住老爺爺的脖子，大聲嚷嚷著，「噢！爸爸！爸爸！我找到你了！我再也不離開你的身邊了，絕不，絕不，絕不了！」

　　「看來我真的沒有看錯啊！」老爺爺揉著眼睛說道，「真是我最愛的皮諾丘嗎？」

　　「是的，沒錯！是我沒錯！你還記得我嗎？噢！爸爸，你對我這麼好，我卻⋯⋯。噢，你知道嗎？我受了好多的罪，那天你拿錢幫我買書，我卻逃學跑去看木偶表演，戲班

子團長原本要把我當成柴火拿去燒，好讓他把羊肉烤熟，最後饒了我一命，還給我五枚金幣，要我轉交給你，但是我在回家路上遇到狐狸和貓，他們把我帶到紅蝦客棧，吃吃喝喝之後，就把我一個人留在那裡，不說一聲就跑了。後來，我被壞蛋一路追趕，只能拼命的跑啊跑啊，但是他們也在後面追得很緊，我只能繼續拼命的跑，他們仍然不死心，緊緊地跟在後頭，後來我被他們逮到，被吊在一棵大樹上，幸虧美麗的藍髮女孩派了一輛馬車把我救走。醫生幫我檢查之後就說，『要是他沒有斷氣，就表示他仍活著。』我醒來之後，說了一個謊，結果鼻子長得好長，連大門都出不了。後來，我跟狐狸和貓去把四枚金幣埋藏在奇蹟之地，因為一枚金幣當作吃喝的花費付給了紅蝦客棧。後來有隻鸚鵡飛過來，直笑我笨，我用力的挖出泥土，裡頭一枚金幣都沒有，更別提兩千枚金幣了。然後，我跑到法院去找法官評評理，但是他卻掩護那兩個壞蛋，把我送進大牢。直到我被釋放之後，因為肚子餓想要採串葡萄吃，反而被鐵製捕獸陷阱夾住，一個農夫跑過來檢查的時候，發現夾住了我，把我帶回去農莊，在我的脖子上戴上狗項圈，教我替他看守雞舍，但是我立了功勞，他發現我不是壞蛋，就把我放了。我在路上遇到一條尾巴會冒煙的大蛇，他因為笑得

・治好小木偶的烏鴉醫生。

・皮諾丘發現一張小桌子，上面的綠色玻璃瓶裡還點上一根蠟燭，一位頭髮花白的老爺爺坐在桌子旁邊吃著魚。

太厲害而把血管笑破，命也沒了。這才讓我回到美麗藍髮女孩的家，但是他卻死了。有隻好心的鴿子看我哭得很傷心，對我說，『你的爸爸乘船去找你了。』於是我說，『如果我也長了翅膀就好。』他接著說，『你想去找你的爸爸嗎？』我說，『當然想啊！但是誰能帶我去？』鴿子回答，『我可以載你去。』我說，『怎麼載？』鴿子說，『坐到我的背上。』於是，我們兩個飛了一整夜，直到第二天早上，看見海邊有很多人一直望著大海，他們說，『船上有個可憐的傢伙，眼看就要淹死了。』我一聽就知道是你，雖然你離我很遠，但我知道那就是你，只能用力地向你揮手……」

「我也認出是你！」老喬說道，「那時我想把船靠岸，但是一點辦法也沒有，風浪實在太大了，後來一個大浪把我的船捲翻了過去，有條恐怖的大鯊魚一眼看見水裡的我，立刻游過來把我吞進他的肚子裡。」

「你被困在這裡多久了？」皮諾丘問道。

「從那天開始到現在應該有兩年了，皮諾丘啊，可是我總覺得好像已經過了兩百年這麼久。」

「你在這裡怎麼生活？這些蠟燭和火柴又是怎麼來的？有人送你的嗎？」

「慢點，聽我說啊！颳起暴風雨的那天，別說我的船翻了，附近一艘商船也跟著翻了。船上水手全都被救起來，可是那艘殘破的船沉到海底，大鯊魚胃口好得把我吞進肚子裡之後，接著也把那艘船給吞了。」

「什麼！他是怎麼吞法？」皮諾丘一聽眼睛張得好大，簡直不敢相信。

「一口吞下啊！大鯊魚只有把一根桅杆吐了出來，因為這根杆子夾在鯊魚牙齒的中間，就像魚刺一樣地卡在嘴裡，讓他難過得不得了。想來我還算幸運，那艘船裡有很多肉類罐頭、餅乾、酒、葡萄乾、起司、咖啡、糖、蠟燭，還有火柴呢！這些儲備食物讓我在這裡活了兩年，但是現在東西都吃光了，裡頭什麼都沒了，眼前就是最後一根蠟燭囉！」

「那麼接下來呢？」

「親愛的皮諾丘，接下來就只能待在這個伸手不見五指的地方等待死亡的來臨。」

「這麼說的話，」皮諾丘說道，「我們時間不多了，一定要想法子逃離這個地方。」

「逃離？怎麼個逃法？」

「我們可以從鯊魚嘴巴蹦出去，然後游走。」

「聽起來簡單，但是皮諾丘啊！我不會游泳啊！」

「不要緊，我的游泳技術還不賴，我可以背你，然後一起安全地抵達岸邊。」

「沒有用的，我的孩子，」老喬難過直搖頭說，「你這個木偶只有三呎高，怎麼會有足夠的力氣背我游泳呢？」

「試試看吧！」

皮諾丘話一說完，就拿起蠟燭往前走，替爸爸引路，「跟我走吧！別擔心！」

於是父子倆就這樣一前一後地走著，走過鯊魚的肚子，直到鯊魚的喉嚨才停下腳步，一邊四處探望，一邊等待安全逃走的時機。

　　你們知道嗎？這條大鯊魚年紀大了，不止患有心臟病，還有氣喘，於是睡覺的時候總是張大嘴巴呼吸。皮諾丘趕緊把握機會往鯊魚喉嚨外頭一探，望見了佈滿星星的天空，還有一顆又圓又大的月亮。

　　「現在正是逃跑的時候，」皮諾丘低聲對爸爸說，「大鯊魚睡得很沉，大海也很平靜，外面正好有月光照亮大地，來吧！跟著我走，爸爸！幾分鐘後我們就脫身了！」

　　說時遲那時快，他們從鯊魚的喉嚨爬了出去，越過鯊魚的舌頭，輕輕地踮腳往前走，這片寬長的舌頭簡直就是一條馬路，走到盡頭的時候，還沒來得及往下跳，鯊魚打了一個噴嚏把他們全都狠狠地摔回鯊魚的胃裡了。

　　這下子把蠟燭也給摔得熄滅了，伸手不見五指。

　　「現在該怎麼辦才好？」皮諾丘問。

　　「沒辦法，我們迷路了。」

　　「不！伸出你的手，爸爸，別摔著了。」

　　「去哪裡？」

　　「我們再試試看，不要害怕，跟著我走吧！」

　　話才說完，皮諾丘握著爸爸的手，繼續往前走，踮腳爬到鯊魚的喉嚨，沿著鯊魚的舌頭走到鯊魚的牙齒前面。

　　準備跳水之前，皮諾丘對他的爸爸說，「爬到我的背上

吧！記得抓牢，看我的本事！」

　　老喬爬上小木偶的背，小木偶立刻奮力跳進海裡，不停地往前游。平滑的海面像是鋪了一層油，黃色的月光顯得亮眼而溫暖。那麼大鯊魚呢？這時候的他睡得好沉好沉，或許砲聲都還叫不醒他呢！

第三十六章

成為眞的小男孩

皮諾丘一心想要游到岸邊，但他發現爸爸全身發抖，似乎發了高燒。

爸爸是因爲冷得發抖，還是嚇得發抖？天曉得。或許兩者都有，皮諾丘心想爸爸應該是嚇壞了，因此想法子安慰背上的爸爸，「堅強點，爸爸，幾分鐘之後我們就可以上岸，到時一切都不用害怕了。」

「但我看不到陸地呀，」老喬眼睛瞇瞇地往四周打量，仍然覺得不安，於是他說，「我看四面八方除了海水，只有天空，陸地在哪兒啊？」

「但是我看得見，」小木偶說道，「你知道嗎？我跟貓沒兩樣，夜晚的視線比白天還好呢！」

可憐的皮諾丘在爸爸面前裝出開心的模樣，其實他已經感到氣餒，游啊游啊，小木偶越游越累，呼吸變得越來越困難，眼看就要累壞，此時卻仍然看不見陸地，心裡不知道該怎麼辦才好。

直到喘不過氣來了，皮諾丘才對爸爸說，「爸爸，救我……我快撐不住了！」

眼見兩人就要往下沉了，此時有個聲音傳來，「誰快撐

不住啦？」

「是我，還有我可憐的爸爸。」

「是你？皮諾丘？我認出你的聲音了！」

「對，我是，你是誰呢？」

「我是金鎗魚啊！曾在鯊魚肚子裡見過你的！」

「你怎麼逃出來的啊？」

「一切多虧了你呢！我是跟著你跑出來的！」

「親愛的金鎗魚，你出現的正是時候！求你快救救我們，否則我們都要完蛋了！」

「沒問題！這個簡單。來吧！捉緊我的尾巴，四分鐘之後你們準能上岸。」

老喬和皮諾丘立刻接受邀請，只不過他們不是捉住尾巴，而是直接坐在魚背上，因為他們認為這樣比較安全。

「我們會不會很重啊？」皮諾丘問。

「重？不會，你們就跟羽毛一樣的輕，我的背上好像只是載了兩片貝殼。」金鎗魚回答。沒錯啊！金鎗魚看來就像一頭兩歲大的小牛，壯碩得很。

他們到達岸邊之後，皮諾丘率先跳上陸地，小心翼翼地扶著老爸爸下來，然後轉身向金鎗魚說，「你救了我們，我真不知道該怎麼報答你，離開前，能讓我吻吻你嗎？」

金鎗魚把鼻子露出海面，小木偶趕緊跪在地上，低頭吻上金鎗魚的嘴唇。從不習慣別人對他這麼好的金鎗魚這會兒感動得落淚，深怕皮諾丘看見他哭得像個孩子，連忙轉身離

開岸邊，游回了大海。

這個時候，太陽露臉了。

皮諾丘看見老喬連路都站不穩，險些倒在地上，只能趕快伸手扶住，並且對他說，「你就靠著我走吧！我們慢慢地走，要是累了，可以停下來休息一下。」

「我們要去哪裡呢？」老喬問道。

「我們找棟房子，或者是小木屋，向裡面的人要點麵包墊墊肚子，然後在地上鋪上一些稻草當作睡覺的地方。」

他們走不到一百步遠，發現路邊站著一高一矮的乞丐，模樣十分醜陋，正等著向他們伸手乞討。

這兩個乞丐就是狐裡與貓啊！但他們的模樣變了很多，差點讓人認不出來。這隻貓裝瞎得久了，現在果真再也看不見，而狐狸更是老得不像話，身上的毛已經半數讓蟲啃光了，連尾巴也不見了，因為有回身上沒錢，只得賣了美麗的狐狸尾巴，讓一個拾荒的人用來驅趕蒼蠅。

「噢！皮諾丘，」狐狸哽咽地說，「求你發發慈悲，賞些東西給我們可憐人吃吧！」

「可憐人！」瞎貓重複說道。

「你們這兩個壞蛋，離我遠一點！」小木偶回答，「別再想要騙我上當！」

「相信我啊！皮諾丘，我們真的無處可去了。」

「無處可去。」瞎貓重複說著。

「要是你們真的沒錢，那也是活該！記得有句老話說得

・老喬和皮諾丘立刻坐在魚背上，很快抵達岸邊了。

好，『來得快，去得快，』大壞蛋，永別了！」

「求求你可憐我們。」

「可憐我們。」瞎貓又跟著狐狸說。

「大壞蛋，再見，有句老話說得好：『惡有惡報』。」

「別扔下我們！」

「別扔下我們！」瞎貓還是跟著狐狸說著。

「大壞蛋，再見，別忘了有句老話：『要是偷了鄰居的外套，往後就會落得連襯衫也不剩的下場啊！』」

皮諾丘說完這些話，就和老喬一派輕鬆地離開了。但是，他們走了不到一百步，眼前草皮上出現一棟紅磚瓦屋，黃澄澄的稻草鋪滿了整個屋頂。

「這棟屋子肯定有人住，」皮諾丘說道，「趕緊過去敲門吧！」

「門外是誰啊？」屋裡傳來細細的聲音問道。

「是我，皮諾丘，還有可憐的老爸爸，我們沒有東西可以吃，也沒有地方可以落腳休息。」小木偶回答

「門沒有鎖，自己進來吧！」細細的聲音說道。

皮諾丘把門打開，和爸爸一起走進去，可是房子裡連個人影都沒有。

「主人在哪裡呢？」皮諾丘問道。

「我在上面。」

兩人往上一瞧，原來屋樑上站著一隻會講話的小蟋蟀。

「原來是你，親愛的小蟋蟀。」皮諾丘說著說著，便彎

腰鞠了一個躬。

「唔？為什麼我變成了『親愛的小蟋蟀』呢？你還記得以前你曾拿著槌子追著我跑嗎？」

「沒錯，現在你也能拿著槌子把我趕出去，但是請你行行好，不要也把我可憐的爸爸趕出去。」

「我不會把你趕出去的，但是你得記住以前你對我有多麼惡劣，你別忘了，活在這個世上，應該盡可能地善待別人，往後我們需要幫助的時候，別人也會善待我們。」

「沒錯，你說得對，我一定會記住你的話，但是你能告訴我你是怎麼買到這棟房子的嗎？」

「這不是我買來的，而是一頭好心的山羊送的。他有一身漂亮的藍色羊毛。」

「那麼這頭山羊呢？」

「我也不知道。」

「他會回來嗎？」

「應該不會。昨天離開之前，他難過哭喊著，好像是說，『可憐的皮諾丘，往後再也不能見到他了。他一定被大鯊魚吃掉了！』」

「他真的這麼說嗎？他一定是仙子，我最親愛的仙子啊！」皮諾丘說著說著就號啕大哭起來。

皮諾丘大哭一場之後，擦乾淚水，幫老爸爸拿起稻草鋪床，又對小蟋蟀說，「請你告訴我，哪裡可以找到一杯牛奶給我爸爸？」

「附近有個名字叫做加吉歐的園丁，住在我們右邊第三戶人家，他養了好幾頭母牛，或許你可以到那裡去問問。」

皮諾丘立刻衝到加吉歐的家。

加吉歐看見小木偶，問他，「牛奶？你要多少呢？」

「一杯。」

「一杯牛奶一分錢。」

「我連半分錢也沒有。」皮諾丘難過地回答。

「那可真是糟糕，」加吉歐說道，「你連半分錢都沒有，我為什麼要給你一杯牛奶？」

「算了！」皮諾丘轉身準備離開。

「等一等，」加吉歐叫住他，「或許我們可以換個方法，你替我轉動轆轤吧？」

「什麼是轆轤？」

「那是一種木頭裝置，可以把水從井裡取出來灌溉我的花園。」

「我試試看。」

「那好，要是你能提出一百桶水，我就馬上送你一杯好喝的牛奶。」

「好。」

就這樣，加吉歐一路領著小木偶到花園去，教他如何轉動轆轤。皮諾丘立刻開始工作，但是提不到一百桶水，他已經累得滿身大汗，他從來沒有做過這麼辛苦的工作。

等到提完了一百桶水以後，加吉歐滿心歡喜的說道，

「這些原本是我那頭驢子的工作，但是他已經快不行了。」

「我可以看看他嗎？」皮諾丘問道。

「可以。」

皮諾丘走進馬廄，看見一頭驢子倒在稻草裡，顯來是因為工作吃重又缺乏營養而一病不起了。

他望著這頭驢子好久好久，心想，「這頭驢子看來很眼熟，應該在哪裡見過他才對。」想著想著，他走到驢子旁邊，用起驢子話問他，「你是誰呢？」

驢子聽到這句話，好不容易睜開雙眼，同樣用著驢子話回答，「我……我是……燈……芯……草……」話才說完，驢子就閤上雙眼，嚥下最後一口氣。

「噢！可憐的燈芯草！」皮諾丘輕嘆著，然後拿起旁邊的稻草，把淚水擦乾。

「為什麼替這頭驢子難過呢？買下他的人是我，可不是你。」園丁說著。

「他……是我的朋友。」

「你的朋友？」

「是的，我們曾經是同學。」

「什麼！」加吉歐聽了忍不住大笑，「驢子也能上學啊？看來你們學校上課很有趣喔！」

皮諾丘聽了這番話，心裡覺得很難為情，於是不再吭聲，他安靜地拿著牛奶，走回蟋蟀的家。

從此以後，皮諾丘每天趕在天亮以前起床，跑去園丁家

工作，替爸爸換來一杯牛奶補補身子。這麼一做，就做了五個月的時間。除此之外，他還趁著有空的時候，學著編織籃子，好賺取一些生活費，這樣就不愁吃穿了。他甚至還幫爸爸做了一輛推車，讓他能在天氣晴朗的時候出去散步。

皮諾丘利用晚上時間寫字唸書，還去城裡花了九塊錢買下一本書，儘管沒有封面和目錄，仍然念得很開心，手中握的筆是削尖的小樹枝，墨水則是用黑莓汁榨成的。

聰明又努力的皮諾丘讓爸爸的生活過得很好，還替自己存了兩先令，準備用來買一套西裝。

某一天早上，他對爸爸說，「我要去市場買西裝、帽子、還有鞋子。等我回來，瞧我一身裝扮，肯定讓你認為是個稱頭的紳士。」

說完，皮諾丘就蹦蹦跳跳地跑了出去，一路上興奮得不得了。突然，有人對他說話，於是皮諾丘轉身一看，原來是一隻蝸牛慢慢地從樹叢籬笆下面鑽了出來。

「你還記得我嗎？」蝸牛問道。

「好像還記得……但又不太記得……」

「你忘了嗎？我是在藍髮仙子家工作的蝸牛啊！有一次你在半夜裡敲門，把我們家的門踢壞了。」

「噢！我想起來了！」皮諾丘大聲回答，「親愛的蝸牛，你趕緊告訴我，仙子現在在哪裡啊？他原諒我了嗎？他還記得我嗎？他還愛我嗎？他離這裡遠不遠？我可不可以去看他呢？」

聽來就像是連珠砲般的一整串問題，皮諾丘說個沒完。

但是蝸牛還是和以前一樣，慢條斯理的回答問題，「親愛的皮諾丘，仙子生病了，現在倒在醫院裡。」

「醫院？」

「是的，很遺憾的，他吃了很多苦頭，病得很厲害，卻窮得買不起一塊麵包！」

「怎麼會這樣呢？這太可怕了！噢！可憐的仙子，可憐的仙子！要是我有一百萬金磅，我會全部都給他，但是我現在手上只有兩先令而已，原本是買西裝用的，不過，你還是先把這些錢交給仙子吧！」

「那麼你的西裝呢？」

「那不算什麼啊，如果我的衣服可以賣上幾個錢，我也會馬上脫下來。快點！蝸牛！走快一點！你兩天之後再回來，希望我可以再多給你一些錢。這些日子以來，我為了爸爸而工作賺錢，現在起，我要為仙子媽媽多做五個鐘頭的工作，再見囉！蝸牛！」

這次蝸牛可跟往日不同了，他像隻壁虎似的跑得飛快。

皮諾丘回到家之後，爸爸問他，「你的西裝呢？」

「我找不到適合的尺寸，下次再買好了。」

向來工作到十點的皮諾丘，那天工作到半夜才休息，平日只編八只籃子的他，那天卻編了十六只。

那天晚上，皮諾丘一倒在床上就沉沉睡去了，夢裡還見到美麗的仙子溫柔地親吻他，並且說道，「勇敢的皮諾丘

啊！看你現在變得那麼善良，我就原諒過去不聽話、老惹我傷心的你，只要孩子愛他的父母，在他們生病臥床的時候盡可能的幫忙，雖然不能在學校當個模範生，但還是一樣值得讓人疼愛。好好聽話和孝順爸爸，相信你以後每天都會過得很快樂。」

皮諾丘開心得從夢裡醒來。

這時候他發現房子裡多了好多漂亮的家具，牆壁上滿是可愛的壁紙，他不由得趕緊跳下床，發現還有一套新衣服、新帽子、還有一雙閃閃發亮的新靴子。

皮諾丘把衣服穿上，兩手插插口袋，從裡面掏出一只象牙色的錢包，上頭寫著，「藍髮仙子還給皮諾丘兩先令，謝謝皮諾丘幫忙。」

於是，皮諾丘打開錢包，發現裡面放的不是兩先令銀幣，而是閃亮的二十枚金幣。

接著他跑到鏡子前面看看，差一點就要認不出自己的模樣了。他看到的不是木偶平時的形象，而是個英氣十足的小男孩，有著棕髮藍眼，笑盈盈的臉龐。

皮諾丘看見眼前發生這些奇妙的事情，已經有點弄糊塗了，分不清是作夢還是清醒著。

「爸爸呢？他在哪裡？」腦海裡忽然想起而叫了出來。他拔腿就衝到隔壁去，老喬看來跟以前一樣充滿活力，顯得快樂而健康，這時正準備拿出工具雕刻木頭呢！他拿定主意要作個漂亮的屋簷，雕刻著動物的頭、樹葉、可愛的花朵。

‧成為真正男孩的皮諾丘這才發現木偶躺在椅子上，歪斜著腦袋，
兩條手臂也鬆垮地垂著，兩條木腿彎彎曲曲地交叉著。

皮諾丘忍不住抱住老喬印下一吻，接著問道，「告訴我啊！爸爸，爲什麼一切都變了呢？」

　　「因爲原來調皮搗蛋的小男孩變得聽話了，所以家裡也就跟著變出新氣象啊！」

　　「那麼以前那個木頭做的皮諾丘到哪裡去了？」

　　「喏，在那兒！」成爲眞正男孩的皮諾丘這才發現木偶躺在椅子上，歪斜著腦袋，兩條手臂也鬆垮地垂著，兩條木腿彎彎曲曲地交叉著。他如果可以站起來，就是奇跡了。

　　皮諾丘看了很久，於是滿心歡喜的自言自語著，「以前還是木偶的我，看起來模樣眞蠢，現在變成眞正的小男孩的我，感覺眞是好極了！」

愛藏本 81　木偶奇遇記

作者	卡洛·科洛迪
譯者	林久淵
責任編輯	曾怡菁
美術編輯	柳惠芬
校稿	張惠凌
封面及內頁繪圖	koko

發行人	陳銘民
發行所	晨星出版有限公司
	台中市工業區30路1號
	TEL：04-23595820　Fax：04-23597123
	E-mail: morning@morningstar.com.tw
	http://www.morningstar.com.tw
	行政院新聞局局版台業字第2500號
法律顧問	甘龍強律師
承製	知己圖書股份有限公司　　TEL：(04)23581803
初版	西元2008年6月30日

總經銷	知己圖書股份有限公司
	郵政劃撥：15060393
	（台北公司）台北市106羅斯福路二段95號4F之3
	TEL：(02)23672044　FAX：(02)23635741
	（台中公司）台中市407工業區30路1號
	TEL：(04)23595819　FAX：(04)23597123

定價180元
（缺頁或破損的書，請寄回更換）

ISBN 978-986-177-205-9
Published by Morning Star Publishing Inc.
Printed in Taiwan
版權所有，翻印必究

國家圖書館出版品預行編目資料

木偶奇遇記 / 卡洛·科洛迪（Carlo Collodi） 著；林
　久淵 譯——初版.——臺中市：晨星，2008〔民
　97〕
　面；　公分.——（愛藏本；81）
　譯自：（The Adventures of Pinocchio）
　ISBN 978-986-177-205-9(平裝)
　　877.59　　　　　　　　　　　　　　97004551

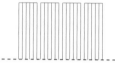

請沿虛線摺下裝訂，謝謝！

更方便的購書方式：

(1) 網站：http://www.morningstar.com.tw
(2) 郵政劃撥 帳號：15060393
　　　　　戶名：知己圖書股份有限公司
　　請於通信欄中註明欲購買之書名及數量
(3) 電話訂購：如為大量團購可直接撥客服專線洽詢

◎ 如需詳細書目可上網查詢或來電索取。
◎ 客服專線：04-23595819#230　傳真：04-23597123
◎ 客戶信箱：service@morningstar.com.tw

◆ 讀 者 回 函 卡 ◆

以下資料或許太過繁瑣，但卻是我們瞭解您的唯一途徑
誠摯期待能與您在下一本書中相逢，讓我們一起從閱讀中尋找樂趣吧！

姓名：＿＿＿＿＿＿＿＿＿ 別：□ 男 □ 女 生日： ／ ／

教育程度：＿＿＿＿＿＿＿＿＿

職業：□ 學生 □ 教師 □ 內勤職員 □ 家庭主婦
　　　□ SOHO族 □ 企業主管 □ 服務業 □ 製造業
　　　□ 醫藥護理 □ 軍警 □ 資訊業 □ 銷售業務
　　　□ 其他 ＿＿＿＿＿＿＿＿＿

E-mail：＿＿＿＿＿＿＿＿＿＿＿＿ 聯絡電話：＿＿＿＿＿＿＿＿

聯絡地址：□□□＿＿＿＿＿＿＿＿＿＿＿＿＿＿＿＿＿＿＿＿

購買書名：＿＿＿＿＿＿＿＿＿＿＿＿＿＿＿＿＿＿＿＿＿＿

•本書中最吸引您的是哪一篇文章或哪一段話呢？＿＿＿＿＿＿＿＿

•誘使您 買此書的原因？

□ 於 ＿＿＿＿ 書店尋找新知時 □ 看 ＿＿＿＿ 報時瞄到 □ 受海報或文案吸引
□ 翻閱 ＿＿＿＿ 雜誌時 □ 親朋好友拍胸脯保證 □ ＿＿＿＿ 電台DJ熱情推薦
□ 其他編輯萬萬想不到的過程：＿＿＿＿＿＿＿＿＿＿＿＿＿＿

•對於本書的評分？（請填代號：1. 很滿意 2. OK啦！3. 尚可 4. 需改進）

　面設計 ＿＿＿＿ 版面編排 ＿＿＿＿ 內容 ＿＿＿＿ 文／譯筆 ＿＿＿＿

•美好的事物、聲音或影像都很吸引人，但究竟是怎樣的書最能吸引您呢？

□ 價格殺紅眼的書 □ 內容符合需求 □ 贈品大碗又滿意 □ 我誓死效忠此作者
□ 晨星出版，必屬佳作！□ 千里相逢，即是有緣 □ 其他原因，請務必告訴我們！

＿＿＿＿＿＿＿＿＿＿＿＿＿＿＿＿＿＿＿＿＿＿＿＿＿＿＿

•您與眾不同的閱讀品味，也請務必與我們分享：

□ 哲學 □ 心理學 □ 宗教 □ 自然生態 □ 流行趨勢 □ 醫療保健
□ 財經企管 □ 史地 □ 傳記 □ 文學 □ 散文 □ 原住民
□ 小說 □ 親子叢書 □ 休閒旅遊 □ 其他 ＿＿＿＿＿＿＿＿＿

以上問題想必耗去您不少心力，為免這份心血白費
請務必將此回函郵寄回本社，或傳真至（04）2359-7123，感謝！
若行有餘力，也請不吝賜教，好讓我們可以出版更多更好的書！

•其他意見：